隙間女

都市傳說系列09

笭菁 著

都市傳說9：隙間女

楔子

有人在看她。

她倏地轉頭，看見的是再熟悉不過的家，桌子、椅子、櫃子，這是她每天生活的地方，而且現在應該只有她一個人。

是，只有她一個人，但卻有另一道視線，她不是神經質、也不是幻覺或妄想症，或許她是比他敏感一些，但是那種被盯著的感覺不會有錯……因爲看著她的視線，不僅僅只是「看著」。

而是帶著令人渾身發冷的寒意，彷彿猛獸凝視著獵物的那種感覺，令她背脊發涼，頭皮發麻！

「誰？誰在那裡!?」她忍不住對著空氣吶喊，「你到底是誰!?」

她已經試過各種檢測方法，都沒有人裝設針孔攝影機的跡象，牆壁摸了幾百遍，也沒有疑似可偷裝的地方。

她究竟漏了哪裡？

總不會有人知道，她幫人保管了什麼吧？

她疲憊的往冰箱走去，她的生活已經筋疲力盡，她甚至得把自己用棉被裹起來才敢換衣服，在外頭健身房或三溫暖洗澡，最近連家都不敢回了，因爲就連睡覺時，她都覺得有人在看著她！

尤其是夜半轉醒時，眞的可以感受到視線灼人，而她卻不知道對方躲在哪裡看她！科技到底多發達？她已經連所有的掛勾都自己安裝了，究竟還能從哪裡偷窺她？

她跟男友提過，但是他協助尋找後，就說是她想太多。

打開冰箱，她抽起冰箱側門的可樂，扭開瓶蓋要喝——咦？手擱在瓶蓋上，她有點遲疑。

舉起瓶子看了眼，思忖數秒後，重新拉開冰箱……她掃視冰箱一圈，怎麼覺得冰箱裡似乎被動過？

她的蘋果醋少了一些，還有餅乾盒子被動過了，麥片的位子她記得固定放在第一層，現在卻在第二層——喝！她倏地跳起回身，誰在看她？

該不會，偷窺的不是針孔攝影機，而是眞有其人吧？

有人躲在她家!?

「我跟你無冤無仇，爲什麼要這樣嚇我!?」她甩上冰箱門，慌亂的往房間衝，打開衣櫃抓出衣服，隨便拿個提袋拎出行李。

她要離開家裡，去住旅館，或是去找男友好了！然後、然後跟房東說她不租了！這間房間太詭異了！

啊，說不定是房東他們設的局……她從袋裡用顫抖的手拿出錄音筆，「這間房間一定有問題，有隱藏很強大的針孔，除了我之外握有鑰匙的就是房東先生了，說不定有人進來吃了我冰箱的食物，還翻了我房間的東……」

說到這兒，她突然覺得哪兒不對勁，再度幽幽回首。

她的衣櫃。

吊掛的衣服被動過了，她的衣服都是整齊按照顏色擺放的，剛剛她收拾衣服時只拿下方折疊好的，但是爲什麼現在她上方的外套卻跟摩西過紅海一樣，左右各被分開。

絕對有人動過！

「我受夠了！居然還動我的衣櫃——我今天就要離開，我不會再回來！」她哭喊著錄完，把錄音筆扔在床上，焦急的往衣櫃前去。

仔細檢查她的衣服有沒有短少，或是被做了什麼手腳……總不會在她衣櫃裡安裝——等等，她沒有查過衣櫃！

「不對啊，放在衣櫃裡也拍不到我啊，除非我一直敞開衣櫃……」就在她自言自語的同時，身子跟著一顫。

視線又來了，她緩緩抬頭，手擱在兩件大衣中間，視線卻是從正前方來的。

衣櫃裡，有東西在看著她。

她嚥了口口水，在大衣間的手伸直伸長，往衣櫃底板摸去，指尖在木板上沙沙作響，沙……沙……左右來回摸索，她就是沒有摸到什麼詭異的東西。

皺起眉，她索性把大衣全部搬下來，拿出口袋裡的手機，亮了手電筒，照亮整間衣櫃。

木板衣櫃，上與天花板連結，背部則爲牆，衣櫃幾乎緊貼著牆，省了一道牆的空間也增加了衣櫃容量。

手電筒這樣照耀，她只看見自己的衣服跟木板而已，平滑的木板上沒有任何像有針孔的痕跡，她伸手再次來回摸著，全身都在顫抖，因爲她覺得……

那道視線似乎與她近在咫尺。

踩進衣櫃裡，她急於知道答案，因爲她可以感受到窺視的視線如此之近，表示她就快要找到那監視著她的針孔了！

喀，指甲觸及某個不尋常的隙縫，就在衣櫃靠牆那木板的邊緣，有一公分的隙縫。

她眯起眼，曲起指節以指甲扣住那縫隙，使勁的試圖扳開，木板卻不為所動。

那空隙指頭也伸不進去，她咬了咬唇，握緊手電筒往裡頭照，自個兒貼上木板，無論如何想看看裡面到底是不是藏了什——

「哇呀——啊！啊啊——哇啊——」

衣櫃傳來劇烈的碰撞聲，砰！砰砰砰！砰砰砰——

床上的錄音筆驀地自動動了起來，倒帶、洗掉，沙……沙沙沙……沙沙……

螢幕最後跳出顯示：

『沒有任何檔案。』

沙沙……

第一章 視線

「哇——」學生們魚貫進入老師家，好奇張望著，「還有油漆味耶！」

「呵呵，才剛粉刷完啊！不過味道應該不會太重吧？已經開窗散了好些天了。」老師陳奕齊指向玄關上的拖鞋，「都換上吧！」

林詩倪把鞋子脫好擱著，老師家的玄關很小，大家一路排到門外，她跟男友阿杰剛好在前面，趕緊先脫了鞋，踏上那高約三公分的木板地。

「老師居然搬得離校這麼近！」阿杰環顧四周，寬敞乾淨，而且傢俱不多，「刻意的嗎？」

「對啊，採光好、位子佳，而且也寬敞，我之前到學校每天通勤時間要兩小時以上，太浪費時間了。」陳奕齊走到窗戶邊，將飛揚的窗簾綁好。「好不容易找到距學校近的屋子，雖然還是要騎車，不過只要十分鐘就到了，還是比以前便利。」

林詩倪好奇的湊到窗邊去，老師住的新家有八樓高，又是依山建築，所以可以俯瞰附近的景色。

「可以看到輕軌站耶！」她指著遠方。

「對，再往上看……就可以看見學校的大樓了！」陳奕齊指向十一點鐘方向，好多學生紛紛擠了過來。

「眞的耶！」那是商學院吧！有夠明顯！

陳奕齊，是法文系的老師，不過也開設了法國文學通識課程，跟學生們感情都很好，之前偶然提到自己搬了新家，又搬到學校附近後，幾個學生起鬨想參觀，老師還眞的答應讓他們來參觀；而且他還是「都市傳說社團」的負責老師，所以各系都有熟悉的學生。

雖說不是購屋，不過也有長租的打算，反正學生要來，熱鬧熱鬧也沒差。

「歡迎大家。」後頭突然傳來女人的聲音，「這邊有冰的紅茶，大家來喝吧！」

咦？一票學生錯愕的回首，怎麼會有別人在？

「呵，來，我跟大家介紹。」陳奕齊略帶靦腆的往女孩走去，「這是我女朋友，杜家慈。」

「哦～」學生們很故意的用那種曖昧聲音喊著，原來老師有女友啊！

一個標緻的長捲髮女孩浮現難以掩飾的失望，她沒有想到老師竟然有女友了！

「謝妮潔！」好友趕緊拉了拉她，她們都知道，謝妮潔相當心儀於老師，「妳還好吧？」

謝妮潔搖搖頭，看到暗戀的對象有女友怎麼會好！不過想想也知道，老師這樣的男人，在這個年紀，很難會沒有女朋友。

「大家好。」杜家慈紅著臉跟大家打招呼。

「哇！是未來的師母嗎？」阿杰挑了眉，刻意問著。

這個問題，讓陳奕齊跟杜家慈的臉更紅了，杜家慈尷尬的轉身就回廚房，說要端點心，陳奕齊趕緊使眼色，拜託不要問這個啦！

但是越禁止大家越故意啊，你一言我一語的調侃起老師來。

林詩倪跟幾個女孩子好奇的跟進廚房，也想順便看看有沒有可以幫忙的。

陳奕齊家大概二十五坪，兩個人住已經夠寬敞了，屋子大體是橫長方型，但因爲這是角間，所以正式形狀該是「『」的樣子。

門開在左邊角落，一進門就是個窄小玄關，想是平日客人也不太多，鞋架就擺在左邊牆緣；脫鞋時，可以扶著右手邊大型置物櫃，這櫃子超大的，上天入地，還橫跨了整個客廳。

所以所有的東西都在櫃子裡，電視也在置物櫃正中間，對著茶几與沙發，沙發後便是窗，旁邊是獨立廁所與浴室，很妙的是馬桶享有單獨空間，像個電話亭似的，座落在浴室角落。

今天因爲學生來，陳奕齊刻意把茶几推往沙發那邊去，搬了兩張日式方桌擱在客廳地上，鋪上軟墊，如此便可以讓大家席地而坐。

客廳佔的區塊約三分之一，而再往橫長方型的右邊那邊走去，就是房間跟廚房的位子；簡單來說，右邊那塊橫條長方型橫切成三塊，與客廳一牆之隔的是書房，中間是廚房，而在大置物櫃旁的轉角角落則是臥室。

臥室就是整棟樓轉角之處，所以與客廳呈九十度後延伸，坪數大，恰與隔壁相接。

林詩倪跟小狐一起跨進中間的門檻，廚房是細長條型的，的確不寬，「嗨，有沒有需要我們幫忙的？」

「啊！」杜家慈正在托盤上擺放小蛋糕，「不必啦，我自己就可以了！」

「沒關係，我來幫忙！」林詩倪微笑著，一起到流理台上幫忙。

廚房尾端就是陽台，果然一如老師所說，採光良好，通風順暢，這個家因爲在角落，所以不管哪一面都有窗子，相當明亮。

協助端著蛋糕到客廳時，大家正跑到書房那兒，所以東西一放下她們也跑去湊熱鬧了；接著大家重點當然放在臥室啦，老師跟準師母的房間耶！

從書房移動過去時，謝妮潔明顯的別過頭，逕自到客廳的小桌邊坐下，她的朋友們只好一起靠過去安慰她。

「喂，看見沒？」阿杰低聲說著，「搞得跟眞的一樣。」

林詩倪無奈的扁扁嘴，謝妮潔喜歡老師是大家都知道的事，因爲她超不避諱的鎮日掛在嘴邊，但有時候這種「喜歡」，就跟嚷著說喜歡偶像是一樣的道理，如她喜歡某個明星，也會說愛慘了！

但是不該會眞的有這種吃醋的心態吧……

「我突然可以理解，爲什麼福山雅治一結婚，他的經紀公司股價就蒸發四億元了。」林詩倪嘆氣，只是個學校老師耶，謝妮潔也太認眞了吧。

或者，正因爲是學校老師，如此眞實、如此靠近，所以謝妮潔才會認眞的以爲他們有機會。

是啦，在今天之前，沒有人知道老師有女朋友。

「房間能有什麼？你們很無聊耶！」陳奕齊倒是緋紅著臉說著，「就櫃子、床跟梳妝台啊！」

卡在門邊，一點鐘方向就是巨大衣櫃，跟客廳那櫃子一樣，上天入地，門正對著的小走道恰好是衣櫃與床間的鑲牆落地鏡，左斜前方就是雙人大床，梳妝台擱在左邊靠牆，與床呈直角，面對著衣櫃。

其餘空間寬敞，林詩倪往裡頭探，床的對面牆上鑲著電視，再延伸過去的角落便是衛浴，衛浴旁正是小陽台。

「咦？有陽台耶！」有人指著與房門同側的另一邊角落，「跟廚房的陽台相連嗎？」

「沒有相連，中間還是用牆隔起來了。」陳奕齊解釋著，「但是那個陽台可以讓我們擺張小桌子、兩張椅子，佈置一下也蠻愜意的啦！」

「厚，好浪漫喔！」細膩的阿德由衷說著，大家都知道他超嚮往歐洲。

「好了好了！出去吃東西！」陳奕齊驅趕著大家，也不讓大家多參觀一會兒。

阿杰倒是好奇的看看客廳的櫃子，再瞄向老師房間的衣櫃，樣式同一組的，如果不是有牆相隔，看起來還像個連通的直角櫃……不對，仔細看，好像還沒有牆呢。

因爲，老師的房門是左開的。

「咦？老師，這個櫃子是你訂做的嗎？」阿杰好奇的撫上灰白色的櫃子，「這看起來好像跟房間的衣櫃連在一起耶！」

因爲客廳的櫃子是從門邊一路到臥房門口，彷彿轉個彎，房間裡的衣櫃貼著客廳置物櫃的背面，繼續往房裡延伸。

「沒有連在一起啦，有隔開！」陳奕齊微笑上前，把靠近房門口的櫃門打開，「你瞧。」

大家一起好奇張望，的確沒連在一起。

「不過客廳跟臥室有櫃子的地方，的確是一板之隔。」杜家慈輕快的說著，從阿杰身後走進房間裡，打開靠近房門那扇衣櫃門，輕輕敲著。叩叩。

客廳置物櫃這邊略微震動，「咦咦？所以，沒有牆嗎？」

「沒有！」陳奕齊搖搖頭，「客廳跟臥室前半段相連的地方沒有牆！後頭才有磚牆，但是是貼著牆做的，省下不少空間。」

「拿櫃子當牆，眞的耶！」林詩倪抬起頭，看著上天入地的櫃子，「這原本就是屋子的一部分？還是老師你特地做的？」

「原本就是這樣設計，因爲坪數不大，所以刻意這麼設計吧！當然底端還是有牆，畢竟是面對外頭的公共空間。」陳奕齊相當滿意這樣的設計，「衣櫃這麼大，某人要放多少衣服就都沒問題了，還挑高咧！」

「喂！」杜家慈尷尬的發出抗議，某人是指誰啊？

「哈哈哈！」大家輕鬆的笑了起來，「我覺得衣櫃再大啊，女生永遠都不夠用！」

阿杰點頭如搗蒜，林詩倪不客氣的打了他，「我哪有！喂，宿舍是能有多大空間啦！」

「拿謝妮潔來說就可以啦！我還沒看過謝妮潔穿一樣的衣服耶！」阿德立刻轉向坐在軟墊上的謝妮潔。

啊！所有人視線紛紛移過去，阿德實在有夠不會看狀況的，這時候讓大家注意謝妮潔沒有比較好吧？

謝妮潔果然表情很不自然，她甚至紅著眼眶，被大家突然的注視嚇到，一陣驚慌失措；一旁的朋友更是一副此地無銀三百兩的驚愕表情，氣氛在瞬間凝結。

「哇！好可愛的蛋糕啊！我要動手囉！」林詩倪趕緊大聲喊著，分散大家的注意力。

「這是你女朋友自己做的嗎？」阿杰也幫腔，立刻衝到桌子邊坐下。

有的學生知情，有的不知情，但不管哪個，大家現在剛好有點餓了，而且小蛋糕看上去太可口，大家紛紛往桌邊靠攏，很快的沒人再留意謝妮潔的事。

不過，陳奕齊望著謝妮潔，有點無奈，他是知道的。

而站在他身後的杜家慈，笑容更加僵硬。

幾個知情的覺得這樣下去不是辦法，無論如何得化解一下這尷尬的氣氛才行，「老師爲什麼不想買房子啊？直接買下來不就好了？」

「我覺得買房子不是必要的事，生活的快樂最重要，爲了買棟房子把自己搞得筋疲力竭，太不划算了。」陳奕齊一派輕鬆，「活在當下，把握現在，租屋也能找到自己喜歡的地方，這樣沒什麼不好啊！」

「是啊，我也不在意，這裡空間大又安靜，交通上距市區也不遠，我們都有機車，騎到輕軌站只要幾分鐘，他離學校也近。」杜家慈支持男友的想法，「我認識太多爲了買房子過得不快樂的人了，我們不希望自己的人生在房貸裡掙扎。」

「我也這麼認爲耶！」阿德出聲贊成，「我爸媽就是個明顯的例子，爲了繳房貸，壓力超大的，我知道他們想要一個家，但我覺得家人在一起的地方就是家！」

陳奕齊劃滿微笑，上前拍拍阿德的肩，「說得眞好！」

「老師，可以偷偷看一下櫃子嗎？」謝妮潔的朋友小狐指指旁邊的置物櫃，因爲除了電視部分外，每個櫃子都有櫃門，是不透明裝飾。

「可以啊！」陳奕齊大方的走到櫃子邊，先開啓電視的右邊的兩道門，櫃子很深，裡頭擺了杯盤傢俱，還有許多生活上的小物；靠廚房那邊的櫃子擺了不少廚房用品，因爲廚房空間不大，所以東西往這邊集中。

不過收納空間甚大，所以櫃子看上去其實還有點空。

以電視為基準下，正下方的是抽屜，旁邊是矮櫃，裡面還可以收納電扇跟暖風扇，真的超級便利，彷彿整個家的東西都能收進去呢。

「上面一整排都空著耶，老師家東西好少喔！」男生指向最上面一整排的四個櫃，全是空著的。

「嘿，」陳奕齊露出點賊笑，「那邊有特殊用途。」

「哼！他啊，要擺他的模型啦！」杜家慈說得有點無奈，「一大箱的模型都還沒擺上去，又在物色其他了。」

一提到模型跟公仔，男生就瘋了，你一言我一語的問老師都收集什麼，只見陳奕齊得意的說出幾尊大型公仔，光是娜美就有很多尊夢幻逸品，讓男生們羨慕不已。

「不說這個，我最近還在看這個！」陳奕齊興致一來，立刻去書房搬出筆電，阿杰趕緊把桌上東西清出空間，好讓老師打開電腦。

男生一窩蜂都圍過去了，女孩子們根本不太懂。

「星際大戰！哇靠！」

「這盒要一萬多耶！老師你也太有錢了吧！」

「有錢我現在還給你們看電腦？有錢我就直接敗下去了好嗎！」陳奕齊有點爲難的偷瞄一旁的杜家慈，「我如果買了就要跪主機板了。」

噢噢，是啊，一般女友很難能接受男友將大把大把的鈔票砸在模型公仔上！

「你花你的錢介意什麼！」謝妮潔迸出一句，「花自己錢還要看別人臉色喔？」

一句話讓空氣結冰，所有人不約而同的往杜家慈瞄去，她的臉色果然尷尬得不知道如何是好。

小狐跟小狸也措手不及，沒料到謝妮潔會說出這麼刻薄的話語。

「不是啦！一萬多眞的很貴，我還是要生活的啊！」陳奕齊趕緊打著圓場，林詩倪則跳起來，拉著杜家慈到一旁去。

「我剛剛看見梳妝台上有很別緻的面紙盒，可以參觀嗎？」邊說，林詩倪意圖要往臥室去。

杜家慈笑得很勉強，點點頭帶著林詩倪往臥室裡走，進去前不自主的回頭瞥謝妮潔一眼，謝妮潔盈滿敵意的眼神一點都不客氣。

好像有點糟糕耶，林詩倪暗忖著，謝妮潔擺明了是在宣戰啊。

走進臥房後，杜家慈走來到梳妝台前，桌上擺放著相當漂亮的立體面紙盒，上面是許多玫瑰花浮雕，林詩倪仔細端詳著，發現這是手工藝品。

「這是紙黏土嗎？」

「嗯，」杜家慈倒是有點驕傲，「我自己做的。」

「哇塞，好厲害喔！」林詩倪由衷欽佩，「這個不拿起來看，會以為是木雕藝術品耶！」

「嘿……」受到讚美，杜家慈笑得得意，「我還有這個！」

她旋身，打開梳妝台的抽屜，翻找著其他東西想跟林詩倪分享。外頭男生的驚呼聲不止，果然男孩不管到了幾歲都差不多，阿杰也超愛公仔的，很遺憾的，她也會干涉不讓他亂買耶。

謝妮潔說得好像也對，阿杰又沒花到她的錢，她憑什麼阻止呢……嗯？

林詩倪回首，看向門口的方向，沒有人進來在門口啊，奇怪，她怎麼覺得好像有人在那裡？

該說是視線吧，好像有視線投射過來，讓她覺得有人在看這邊。

「妳看！」杜家慈找到了一個別緻的筆筒，上面攀滿了藤，也是紙黏土作品，手工精湛。

「哇！妳手好巧喔！」林詩倪由衷讚美著，「看來過沒多久，這裡就可以被妳佈置得美輪美奐了！」

「我也是這樣想啊！」杜家慈回身，「床頭櫃我想要彩繪，衣櫃也是，至少要弄成同一組……」

喀。

衣櫃裡驀地傳出細微聲響，雖然不大聲，但是她們都聽見了東西掉落的聲音。

杜家慈好奇的看過去，接著便直接走向了衣櫃。

「什麼東西掉了嗎？」林詩倪尾隨在後，那聲音很奇妙，不像衣架掉落，有可能是衣服滑掉了。

衣櫃門是左右滑動的設計，聲音來自靠近房門口的那道，杜家慈緩緩推開，裡面清一色掛滿了男性衣服。

「老師的衣服好多喔！」林詩倪有點大開眼界，她以爲男生的衣服比較少耶。

「我的衣服比他少！」杜家慈趁機出賣男友，「雖然款式一樣，但也要有別種顏色嘛！他一直都很活躍，我比較隨興，不需要太多衣服，所以我的衣服都在左邊。」

衣櫃上頭吊掛著外套、襯衫等衣服，下頭則擺放被子、背包跟褲子，杜家慈邊說邊查看著裡頭，輕輕撥動著衣服們，好像沒有看見什麼掉落的物品啊！

林詩倪站在衣櫃旁，她突然有種很不舒服的感覺，爲什麼好像有人盯著她瞧？忍不住皺起眉頭，她往右邊的門外看去，斜斜的可以瞧見老師跟男生們正在討論公仔，沒有人朝房裡看過來啊，要看也太辛苦，得斜視還不一定能瞧見。

但是，她感受到的卻是直接的視線。

這種不安無法解釋，但她眞的覺得有人在看她，說不上來。

「奇怪，是什麼掉了呢？」杜家慈邊說，把左邊吊掛自己衣服的衣櫃門推開。

林詩倪看著眼前老師的外套們，總覺得……這樣太神經質了，但是視線好像有人躲在衣櫃裡，從這一件件吊掛著的衣服縫隙裡偷窺著她。

眞奇怪的感覺，她低下頭，向後退了一步，卻不小心踩到了東西。

「啊……」她趕緊抬起腳，從地板拾起了一枚戒指。

「什麼？」杜家慈好奇的轉頭，詫異的看向她手裡的戒指。

那是枚女性的戒指，戒圍很小，上頭鑲了顆單鑽，戒座上還有數顆小碎鑽。

「妳的嗎？」

杜家慈吃驚的看著戒指，笑容卻有點僵硬，拿起那枚戒指端詳，「不是我的……妳在哪裡撿到的？」

「地上啊，就這裡。」林詩倪指指身後的地板，「可能是從衣櫃裡掉出來的，

仔細想想，聲音很像厚！」

嘻……杜家慈逕自笑了起來，她將戒指拿起，先握在掌心後，偷偷的從門口往客廳張望，再折返而回，將戒指戴上自己的手指。

「剛好。」她沒有太大喜色。

說好暫時沒有結婚計畫的，奕齊爲什麼要買戒指？

林詩倪見狀眨了眨眼，感覺有點微妙？「是老師偷買的？」

杜家慈微微一笑，看著自己的手，「我也不知道，總之這不是我的東西。」瞧杜家慈眼神帶著複雜，盯著手上的戒指看，並沒有喜悅的感覺，林詩倪不知道該接什麼話，這好像不像一般女孩子偷偷知道男友要求婚的反應吧？

「啊，不知道老師藏在哪裡，是不是要擺回去？」林詩倪朝著杜家慈低聲說著。

「嗯……」杜家慈立刻不安的想再往外看，林詩倪自動擔起把風責任，跑到門口斜視著，「我想是藏在哪件外套的……」

杜家慈站在一整排衣服跟外套前想著，似乎在思考哪件外套是他這週有穿出去過的……手指在衣服游移，最終挑定了一件。

「反正他找不到也會每件都找的。」杜家慈喃喃自語，把戒指從指頭拔起，放進口袋裡。

「這樣好嗎？他會不會發現？」

「應該不會啦！」杜家慈勉強擠出笑容，「我臉是不是看起來很紅？我去浴室一下。」

林詩倪不知道該怎麼笑，杜家慈一點都沒有臉紅，老實說她臉色超難看。

陳奕齊是她最喜歡的大學老師之一，如果能走向人生另一個旅途她也很高興啊！可是這個狀況看起來，杜家慈可能不是準師母了。

看著敞開的衣櫃，林詩倪趕緊幫忙關上，可不好讓老師發現……奇怪，推門到一半的她忍不住往裡頭看。

誰在看她？好像有道什麼光從裡面發出來，該不會是針孔攝影機吧？

她伸長手，穿過了外套間往底層摸進來。

沙……指尖在木上移動著，沒有摸到任何洞或是凸起物，林詩倪突然縮手，覺得自己醬子好像太不禮貌了，怎麼可以這樣探視別人的衣櫥？

搖搖頭，低咒著自己多心，緩緩的將門給關上。

「詩倪！」阿杰邊喊，一邊往裡頭走進來。

「這裡！」她邊說，一邊主動走出房間外，這是杜家慈帶她進來的，不該讓太多人想進來繼續參觀。

阿杰好奇的往裡頭張望，「妳們在幹嘛？」

「杜小姐正給我看手工藝品，怎麼樣，你們的公仔大賽呢？」她挑眉。

「老師有好多很讚的東西，大家說好下次他擺上來後要一起來看！」阿杰突然左顧右盼，壓低了聲音，「妳有沒有覺得怪怪的？」

咦？林詩倪眨眨眼，「什麼？」

「就，我覺得好像被誰盯著？」阿杰緊皺起眉，倏地回頭，「又來了！」

「在哪裡？」她緊張的跟著問。

「不知道啊，但是就是覺得有人在看我！」阿杰撫著後頸，「我覺得被盯著看很不舒服，老師家是不是有裝什麼啊？」

「噓！別亂說！」林詩倪搖搖頭，拽著阿杰往前，「還是我們先走？」

阿杰立刻點頭，這種被盯著的狀況，他一刻都不想待。

林詩倪完全沒有否決阿杰的想法，不管是眞是假，還是一種錯覺，他們兩個如果都有共同感覺，就還是別繼續待著的好。

他們客氣的提出還有事情該走了，結果謝妮潔一蹬桌子就說她也要離開，十秒之內，所有人都說不要再叨擾老師，所以原本想要提早走的林詩倪他們，卻導致大家都一起離開。

原本也只是說來看看，本不該攪和這麼久。杜家慈聞聲走了出來，還有點擔心是否招待不周。

後來由陳奕齊送大家到樓下，男生還在提下次要來參觀公仔的事。

「嘿！陳老師！」一個花白平頭男人從大門迎面走來，「剛剛好！」

「房東伯！怎麼了？」陳奕齊趕緊上前。

「沒事啦，我剛遇到快遞就幫大家收了，你的快遞。」房東伯手上抱著一個很大的包裹，「這你的吧？」

陳奕齊一臉困惑，「我？我沒有買這個吧？」

他接過盒子，上面的確寫著他的名字。

「老師先拆看看吧，說不定是你手滑忘記了？」阿德提議著。

猶豫了幾秒，陳奕齊還是決定先拆開一角。

從角落撕開一角，他圓了雙眼，圍觀的同學也發出哇的聲音，陳奕齊帶著不可思議的把外頭包裝紙整個撕開，大家幾乎都驚叫出聲。

「靠！老師你手滑了唷！」大家簡直目瞪口呆，因爲陳奕齊手上抱著的，是剛剛在樓上說不敢滑下去，卻非常想要的星戰樂高！

陳奕齊捧著盒子，看上去比大家還驚訝，這樣子應該不是自己手滑吧？

「是你的吧陳老師？」房東伯拍拍他，「我再上去送信。」

「等等等！房東先先！」陳奕齊連忙拉住他，「快遞有跟你收錢嗎？貨到付款什麼的？」

「沒有啊，只有簽收！」房東伯搖搖頭後，就帶著手上的信上樓了。

不用貨到付款，就表示已經付過錢了。

「老師沒買嗎？」阿杰好奇的問，「還是買了忘記了？」

「當網拍時太激動，不小心手滑就……」阿德嘖嘖出聲，「老師，你要偷買，就要寄到學校啊，你寄到家裡的話，連分批帶回去藏都辦不到。」

陳奕齊一臉尚在震驚中的模樣，看起來他眞的沒手滑。

「會不會是……」林詩倪從女生角度出發，「杜小姐給的驚喜？」

陳奕齊倏地看向她，雙眼閃爍光芒，接著綻出喜不自勝的笑容，厚，林詩倪有種被閃到的感覺。

「好啦，我們該走了！」林詩倪推著大家離開，「老師你快點上去好好謝謝人家吧！」

「我超訝異的，她很討厭我收集這個啊！」陳奕齊聲音聽著有點感動。

「說不定知道你超想要的啊！」阿杰豎起大姆指，還轉過去看向林詩倪，「學著點！」

「哼，哼，想得美。」林詩倪吐了吐舌。

大家紛紛跨上機車，謝妮潔一直用哀怨的眼神望著陳奕齊，他盡可能的維持笑容，但是卻不停的閃避她的眼神。

「好了，下次再約啊！」陳奕齊站在門口，目送大家離去。

「老師……」謝妮潔坐在小狐後座。

「小心點。」他這麼說著，朝她們揮手，像一種催促。

謝妮潔沮喪的別過頭去，小狐趕緊驅車離開，林詩倪他們殿後，跟陳奕齊道別。

陳奕齊一送走學生們，立刻抱著樂高，飛也似的狂奔回位於八樓的家，一進門就見已經收拾乾淨的小木桌，廚房裡的身影正在洗碗。

他興奮的衝進去，二話不說就抱住了正在洗碗的杜家慈。

「哎哎哎……」她笑了起來，「怎麼回事？」

「謝謝妳！」陳奕齊用力吻了杜家慈的臉頰一下再一下，「我好高興！」

被吻得有點莫名的杜家慈咯咯笑著，輕抵著他的胸膛，「怎麼了？這麼高興？」

「這個啊！」陳奕齊立刻亮出樂高，「妳偷偷買給我的對不對？剛房東拿給我時，我根本搞不清楚狀況！但是上面是我的名字！謝謝妳！」

二話不說再度抱了個滿懷，然後又是一陣熱吻。

但是杜家慈卻錯愕非常，她趕忙伸手摀住陳奕齊的嘴，「停停……等一下……那不是我買的啊！」

「咦？」他停住了，「什麼？」

「我怎麼會去買這個給你，一萬二耶！」杜家慈掙脫他的懷抱，接過那盒樂高，「你該不會眞的給我買下去，然後忘記了吧？」

「不可能啊！我剛剛開網頁時都還在追蹤清單裡，我根本下不了手啊！」陳奕齊驚異非常，「不是妳？」

「不可能。」杜家慈斬釘截鐵，「我根本不會買這個給你啊！」

等等，不是家慈？陳奕齊望著那盒樂高，上面是他的地址跟名字，那會是誰？

「是你亂買的吧！」杜家慈嘟起嘴，不太高興的轉頭去洗碗，「不要搞這種先斬後奏的事好不好，我知道啦，那是你的錢，我沒資格管你！」

「厚，不要這樣啦，我們是要一起生活的人耶，我哪會這麼不理智。」陳奕齊眉頭深鎖的望著盒子，「而且我才不會搞這種把戲。」

杜家慈瞥了他的側臉一眼，最好是。

她知道他有多想要這盒樂高，也知道她多反對，所以才故意這樣吧。

那個漂亮的女學生說得一點沒錯，他賺的錢為什麼不能買自己喜歡的東西，那句話是針對她而來，她很清楚，只怕那個美麗的女孩，對奕齊……

「我得查一下，到底是誰寄來的。」陳奕齊抱著樂高走出去，幸好包裝紙還在，他想先從賣家開始問起。

杜家慈不再回應，默默的洗著杯子，雖然她不太高興他買了樂高，但是……想起那枚戒指，她心情就更低落，他們明明討論過，暫時不談結婚的。

她還不是能談終身大事的人。

嗯？她突然顫了一下身子，奇怪，怎麼覺得好像有人在看她？

往右透過門口直視了客廳的陳奕齊，他正坐在日式小木桌前，查詢著手上玩具的事情。

是奕齊剛剛在瞄她嗎？咬了咬唇，偷偷看她是心虛的表現嗎？

她苦笑，她或許是世界上最不希望男友求婚的人吧！

第二章 疑心

陳奕齊坐在玄關前穿鞋，神色憔悴，他直起身子，往左邊的廚房看去，裡頭正發出杯碗的碰撞聲。

唉，輕嘆口氣，他還是勉強擠出笑容。

「我走了喔！」

廚房裡的杜家慈停下洗杯子的動作，向右朝門口看去，剛好可以看見站在那兒的陳奕齊。

「好，小心點！」

有別於以往一定要在玄關送他，她而今也只是敷衍了事了。

陳奕齊帶著失望，開門而出。

他眞的不知道事情爲什麼會變成這樣，搬到新家來第二天開始，他們就開始一直處於吵架的狀態。

杜家慈常常無理取鬧，明明是她自己忘記整理的東西，卻會怪到他頭上來，還有弄破東西會惱羞成怒，他人明明在書房，她卻說他去廚房摔了杯子。

還有東西沒放妥，找不到的狀況，也讓她變得心浮氣躁。

他們才剛搬進來啊，東西又沒很多，她在那邊發狂般的說找不到，情緒變得異常不穩。

連他都開始要懷疑，這間房子是不是哪裡有問題了？

才出門，右手邊的鄰居恰好打開了門，陳奕齊嚇了一跳，搬來這裡兩個星期，他都還沒跟左右兩邊鄰居照過面。

八樓有三戶，電梯開啓後，正對面就是陳奕齊的家，只是他家的門再左斜前方些，再往左去是另一間住戶；因爲陳奕齊家是邊間，所以電梯的位子基本上對應屋內的置物櫃，一路看向右方，一個轉角後便是道深紅大門，那就是另一戶。

擁有一頭滑順長髮的女人步出，一張稱不上美麗但相當有氣質的臉龐，看見他時微怔，淺淺的微笑頷首。

「您好！」陳奕齊趕緊打招呼，「我是隔壁八樓之二的，那個……一直沒跟您見面，我叫……」

「你是老師，我知道。」女人笑了起來，纖指勾動頭髮到耳後，「聽房東說過！一直沒見上面眞抱歉，我是空姐，所以不常在家。」

喔喔喔喔，空姐啊，難怪如此高挑婀娜……啊，所以平常才會都沒聽到隔壁有什麼動靜。

「所以剛好休假嗎？」陳奕齊好奇的問，女人今天穿著緊身的洋裝，身材眞的很好。

「是啊，休個兩天又要飛了，所以要跟朋友見面聚餐。」她輕笑著，往電梯的方向走去。

陳奕齊尷尬又竊喜的跟正妹一塊行走，正妹身上散發著淡淡香味，沒想到隔壁住正妹耶……思及此，他跟著往另一邊的鄰居看去。

「我好像也沒跟另一位鄰居打過招呼。」是應該要登門拜訪，送個餅乾或禮物也好。

「啊，闊太太董敏啊？她也不一定在。」空姐正妹聳了聳肩，「這裡不是她家，只是像個宿舍一樣的地方，她是大忙人，總是出差，這會兒說不定在上海。」

「上……上海喔！」陳奕齊這會兒總算明白，爲什麼他兩邊的鄰居都沒聲音了。「我就說爲什麼想遇也不一定遇得上。」

「這裡環境單純，之前只有我跟董敏，沒有其他住戶，倒也安靜。」電梯來了，他趕緊請正妹先入，「不過你既然是老師，應該也不會太複雜。」

「沒有沒有，我很少有訪客，平常也不會帶人來開趴。」陳奕齊趕緊解釋，但是他刻意避開提起他有女朋友的事。

「那就好……」正妹微笑著，又撩撩頭髮，然後瞄了陳奕齊一眼。

陳奕齊意會到那眼神有點詭異，總覺得正妹似乎有什麼話想說？「怎麼了？

妳這樣看我，我會覺得……不太自在。」

「你還好嗎？」她問得小心翼翼。

「我？我很好啊！」陳奕齊愣然的回應著，「怎麼突然這麼問？」

正妹歪了頭，抿了抿唇，「也沒什麼，就是上一個鄰居好像住進去後，脾氣變得有點暴躁，疑神疑鬼的。」

呃……陳奕齊開始覺得冷汗流下，忍不住想起杜家慈，這言下之意難道是、是……

「那前面那個鄰居後來怎麼了？」

「哈！你不要這樣緊張！我只是不喜歡前一個鄰居而已！一開始就不喜歡！」電梯抵達一樓，正妹開玩笑的吐了吐舌，「不嚇你了，再見！」

嚇、嚇他？陳奕齊一個人呆站在電梯裡，看著修長的身影往外走去，大姐！人嚇人會嚇死人的！

尤其——她說得好像沒錯啊，因爲家慈的脾氣變得越來越差，甚至……她昨天甚至說了好像有人在看她！

陳奕齊不安的絞著手，其實眞的怪怪的對吧？他嚥了一口口水，無風不起浪，他有必要問一下房東伯，之前是不是有發生過什麼事。

在這之前，他要先去買反偵測儀器，來檢查一下家裡有沒有被人偷裝了針孔攝影機！

杜家慈突然停下掃地的動作，她抬起頭，僵硬的身子如雕像般不敢動彈……她真的覺得，現在有人正在從她背後偷窺著她。

一、二、三！她冷不防的回頭，身後只是客廳那座大置物櫃，並沒有任何人。

她望著置物櫃，有種疲憊的感受。

那不是錯覺，奕齊都覺得她想太多……或許不是每個人都這麼敏感，但是她並非胡說八道，真的有人在看她。

那視線太扎人，而且幾乎二十四小時都盯著她，她甚至覺得洗澡跟睡覺時也有人在偷看！肉眼能辨識的地方她已經看過了，沒有像被安裝針孔之處；但是現在科技昌明，說不定藏在她找不到的地方，所以她拜託奕齊，去買儀器回來偵測看看。

說不定有人真的在偷窺他們的一舉一動！

畚箕裡因掃動傳來輕微聲響，她擰著眉彎身拾起裡頭的東西，那是一只花形的女性耳環……不是她的。

杜家慈沉下臉色，看著眼前的電腦桌，這是奕齊的書房，她不是個喜歡飾品的人，在家也幾乎不可能配戴。

將掃把倚在書房門旁，她默默轉身走進臥房，從梳妝台最下面的抽屜裡，拿出一個方形盒子，裡面有許多小物飾品，其中有一包用夾鏈袋包起來的飾品！有戒指、有耳環、有項鍊……數量不多，款式各異。

杜家慈把剛拾到的耳環又放了進去。

「這不是買給我的對吧？」她瞪著那袋子問著，「包括那天你學生撿到的戒指，也不是要跟我求婚的！」

她看著袋子，鼻子一酸，眼淚就迸了出來。

她的確還不想結婚，但那也不代表能接受他買戒指給別的女孩！

「嗚……爲什麼要這樣對我？」杜家慈痛苦的蹲下身子，手裡緊握著那夾鏈袋。

搬進來才兩星期，她已經發現了這些不屬於她的飾物。

第一枚戒指是他學生撿到的，她震驚的以爲他要跟她求婚，那是預先買好的戒指，原本想找他再次溝通，可是隔天……她在同一件外套裡想再摸出那枚戒指時，卻摸到了另一款不同的戒指。

這讓她匪夷所思，再隔兩天，在床下掃到了一條手鍊。

他爲什麼有這麼多的女人飾品？前天她在他慣坐的沙發縫裡，找到了一個愛心髮夾，那個髮夾她認得，就是那個叫謝妮潔的漂亮女孩夾在瀏海上的。

那女孩喜歡奕齊，她是女人，看得自然分明，只是那個女孩的髮夾，爲什麼會在家裡？

她連想都不敢想，到底是怎麼夾帶回來的？還是在她不在家時，謝妮潔人在這裡？

她好想問，但是又不敢，深怕現在擁有的幸福，會被她的問題所破壞——喝！杜家慈驚恐的回身，「誰!?」

有人在！她緊握著飽拳，那視線好可怕，正瞪著她！

「到底是誰!?我知道你在看我！」她氣急敗壞的再度開始搜尋，每一個牆面，「可惡……到底藏在哪裡!?」

之前看過徵信社連掛大衣的勾子裡都能藏針孔，但是這些勾子都是她買的，不太可能啊！

極度不安的在房裡緩步走著，邊走邊觀察所有可能暗藏針孔攝影機的物品，直到走到臥室門口……隱隱約約的，她好像聽見什麼聲音？

沙沙……沙沙，非常輕微，不仔細聽還聽不見。

站在門口回身一看，赫然被一個人影嚇得失聲尖叫，「哇呀——」

她嚇得撞到牆面，看著那人影，是在衣櫃與床之間的落地鏡，鏡裡映著的，是她憔悴的面容與驚恐的神情，她被自己的倒影嚇到了。

「天……天哪！」她痛苦的滑坐地上，雙手掩著臉，「這樣下去我會受不了的！嗚……嗚……」

連鏡裡的倒影都會嚇著她，她不明白之前自己不是那麼神經緊張的人啊！

喀，咚——梳妝台的背後驀地傳來聲響，又讓她如驚弓之鳥原地躍起，她不安的貼著牆，有種精神遲早會崩潰的感覺。

「錯覺……這些說不定都是錯覺。」杜家慈開始自言自語，「奕齊說的，不要自己嚇自己，如果眞的有針孔，我怎麼會有感……」

怎麼不會有？那種被盯著看的感覺，該如何忽略？

奕齊沒感覺不代表不存在吧？她一直說要去找房東問，是不是在他們搬進來前，就動了什麼手腳在牆裡？

四周的聲音突然靜了下來，什麼磨擦聲或躁音都消失，杜家慈的心情勉強趨於平靜，她起身往角落的浴室去洗把臉，進去前依然不安的瞥了梳妝台，再看向一旁通往迷你陽台的門，有時候她得躲在陽台上，才會覺得不會被人盯著。

在廁所裡沖臉，她最近情緒總是如此焦躁緊張，而且驚恐的動不動就落淚，與奕齊的爭執更是越演越烈！她不明白爲什麼他不僅不相信她，還會刻意找她麻煩……是因爲其他女孩嗎？

腦海裡浮現謝妮潔的容顏，她看著奕齊的眼神，是充滿愛慕的。

砰——遠方突然傳來物品掉落聲，再度嚇得杜家慈驚叫，她撫著胸口，總覺得自己遲早會被自己嚇死。

聲音來自書房，她趕緊繞進書房裡，發現是剛剛放著的掃具掉落。

彎身拾起時，她看著滿地的垃圾灰塵，不由得起身環顧四周……等等，剛剛掃具是卡在門邊的吧！不說掃把，畚箕應該好好的立在地上，爲什麼會翻倒？

畚箕不是用來卡住掃把的，所以不會因爲掃把掉落跟著翻倒，就算如此，也開始像側邊倒去，但是在她腳邊的畚箕……卻是整個背部向上，成倒く字型的卡在地上。

這不該是畚箕翻倒的形狀，這比較像是……有人刻意擺放的形狀。

杜家慈僵直著身子看著自己的掃具，有點恐懼的張望，她家不可能有其他人，奕齊已經去上班了，現在只有她一個。

一定是她忘記剛剛怎麼擺放掃具了，深呼吸……杜家慈吐著氣，不要自亂陣腳，現在要趕快把散落地上的灰塵掃乾淨，然後處理好垃圾，把垃圾拿下去扔。

樓下有垃圾集中車，房東先生讓大家方便集中用的。

她以忙碌讓自己不再亂想，趕緊重新掃進分散的灰塵與垃圾，回到廚房將垃圾分類，她沒忘記冰箱裡還有一些廚餘，得一起處理。

打開冰箱時她又遲疑了幾秒，伸手在最上層的物品上摸索，她記得餅乾盒是放在左邊的，也跟奕齊交代過，左邊放餅乾，右邊放麵包，爲什麼放反了？

「這樣簡單的事要說幾次啊！」她咕噥著，將保鮮盒重新調整好位子。

關上冰箱時，她又感受到視線。

闔上雙眼，她一再的試圖說服自己是錯覺，轉身回到廚房，將垃圾包好後前往玄關，倒完垃圾她想順便去買菜，暫時遠離這間屋子。

這間她覺得時時有人在盯梢的屋子。

今天晚上奕齊回來後，就會帶著偵測工具回來的，不要急，若是有針孔攝影機，一定能發現。

如果找不到，那就確定她是精神錯亂，或許她應該要去找醫生？是奕齊那些女孩的飾品讓她分神嗎？但無論如何，她都不希望自己眞的有病。

打開門，一腳踏出時，卻踩到了一張紙。

「咦？什麼東西……」杜家慈愣了一下，從鞋底抽起那張莫名其妙塞在門縫下的紙張。

『我正看著妳……』

下課鐘響，陳奕齊蓋上課本，有種解脫的感覺。

因爲睡眠不足、精神不濟，讓他連上課都覺得體力透支。

「老師！」阿德輕快的往前，「我們什麼時候可以參觀公仔櫃啊？」

「就是就是！佈置好了嗎？」其他學生也湊上前來，趴在講台上問著，「還有那天準師母送的樂高組好了沒？」

陳奕齊有點遲頓，「啊」了一聲。

林詩倪揹起包包，也好奇的湊過去，看見老師緊皺著眉，食指與大姆指更捏著兩眼眼頭，看起來相當疲憊的樣子。

我也看著妳

「老師你怎麼了？看起來很累耶！」林詩倪歪著頭問，「昨晚太操喔？」

「哈哈哈哈哈！」這暗喻性的話語惹得大家哈哈大笑。

「唉，想太多，我們吵架都來不及了，那天那組樂高也不是她買的。」陳奕齊顯得很無奈，「因爲她，我一直睡不好。」

發現到老師眞的很憔悴，學生們不由得擔心起來。

「不是她買的，那眞的是你手滑啊！」阿德哇了一聲，「老師，你這犯大忌了吧？她一定暴走！」

「倒是沒有，但不太高興是眞的……不過東西眞的不是我買的，我沒刷傻，戶頭錢也沒減少。」陳奕齊鄭重澄清，「我查了賣家，賣家說沒有人出貨到我這兒，那我就還眞不知道是從哪兒寄來的，我根本不敢拆。」

「哇喔，神、祕、愛、慕、者。」小白咯咯笑著，大家一起哦～

林詩倪一怔，下意識回頭，看向還坐在位子上慢條斯里收拾的謝妮潔。

會是她嗎？但是去參觀老師家之前，沒有人知道老師有收集公仔的習慣吧？

「最好是，還知道我剛搬家的新地址？」陳奕齊顯得很苦惱，「一堆事情要解決，樂高的事我就暫時擱下，我現在也沒空整理櫃子，家裡現在很亂。」

「怎麼了嗎？」林詩倪關心的問，「老師剛剛還說睡不好？」

「我們……」陳奕齊頓了幾秒，有些欲言又止，彷彿覺得自己說這個很奇怪，「就……唉，我們家好像被人監視了。」

咦？一票圍在講台的學生愣住了，大家一時之間無法反應老師說了什麼。

「監……監視？」阿德不明白這句話的意義，「是指有人在你們家裝監視攝影機嗎？」

「啊！」小白瞬間聯想，「老師你是說針孔？」

林詩倪又回頭偷瞄謝妮潔，她跟小狐狸們已經收好東西，也朝這兒看過來；會是謝妮潔裝監視器嗎？林詩倪覺得這樣子看人好像有點扯。

陳奕齊點點頭，「我比較沒感覺，我是說……有人裝針孔你們會知道嗎？針孔攝影機不就是得利於細小不易察覺！可是家慈喔說她覺得有人在看她！」

咦？林詩倪腦海裡突然閃過幾個字，怎麼覺得有點怪？

「有的人會比較敏感吧？」有人聳了聳肩，「像我只要被偷看我都有感覺。」

「但你那是人吧？有時人的視線比較明顯，但是老師是懷疑針孔？」阿德覺得有點詭異，「老師，你要不要買儀器回去測一下？」

謝妮潔上前，看了老師一眼，還是忍不住停下腳步。

「怎麼了？」她好奇的問站在外圍的林詩倪。

「啊，老師說覺得家裡有被人裝針孔，像是被偷窺的感覺。」林詩倪淡淡的說，而且注意著謝妮潔的眼神。

她們三個女生驚訝得張大嘴巴，顯得很吃驚，「針孔？太噁心了吧！」

好直接的反應，好像不是謝妮潔裝的……不過她在想什麼，謝妮潔怎麼會去做這種事，而且她們只是學生，真的知道怎麼安裝針孔嗎？

「有，我現在就要去買，不確定一下，家慈不安心，我也不放心。」陳奕齊認真的說著，「我現在覺得有點流年不利，原本想說住那邊不錯的，現在真的快被搞瘋了。」

言下之意，其實頗有怨懟杜家慈的意味。

林詩倪抿著唇，緊握著背包袋子，決心幫杜家慈說說話，「老師，我覺得她可能不是神經過敏。」

嗯？陳奕齊包括其他同學，紛紛回頭看向林詩倪。

「林詩倪，妳不是中毒太深吧？又要說什麼都市傳說了吧？」阿德沒好氣的托著腮，「你們社團超可怕，好像遇到了一堆千奇百怪的事，說得跟真的一樣。」

「對啊，聽說耶誕節還遇到血腥聖誕老人喔？真的還假的？」

林詩倪不喜歡對不相信「都市傳說」的人解釋太多，不相信就能找到一堆理由反駁，多說無益。

「喂，你們去問化學系啊！去年耶誕節死了幾個？」小狐突然仗義執言，「化學系都傳開了，有個聖誕老人眞的就是在砍學生收禮物不是嗎！」

「是啊，新聞也有寫。」小狸認眞回應，「不是還抓不到嗎！」

陳奕齊是信的那位，更別說他是都市傳說社的社團老師！他之前協助過紅衣小女孩的事情，學生們都在那條青山路陸續摔車，那時車禍身亡的人不少，「都市傳說社」認定那兒有個紅衣小女孩在徘徊，他跟社員聊過、輔導過，當時希望他們不要怪力亂神，但是當他們協助警方找到路旁的枯骨後，他也就不再多說什麼了。

「林詩倪，妳是什麼意思？這個是……什麼傳說嗎？」陳奕齊緊張的問。

「倒也不是，我只是……跟杜小姐有一樣的感覺。」林詩倪誠懇的說著，「那天我跟阿杰都有感覺，在老師家時，一直感覺到視線。」

什麼！在場學生莫不紛紛倒抽一口氣，那天就感覺到了！？

「妳怎麼沒說！」謝妮潔覺得全身起雞皮疙瘩，「那我的感覺也沒錯了嗎？」

咦？這話一出口，大家的視線就轉向了謝妮潔，「妳也是！？」小白瞠目結舌。

「我以爲是我錯覺嘛！」謝妮潔皺起眉，「我跟老師借外面的洗手間時，在裡面就覺得好像被偷看，我不會形容，但是我雞皮疙瘩全部都站起來了！」

「媽呀！我們現在雞皮疙瘩才站起來咧！」大家莫不顫抖，搓搓手上的汗毛，「太可怕了吧！」

「停停！不要緊張，只是感覺，又不是說有什麼！」陳奕齊趕緊阻止大家無止境的腦補，「你們現在亂想的才讓我害怕咧！」

「那天如果只有我覺得就算了，但阿杰也說有……我想老師眞的要注意一下。」林詩倪拉回正題，「我聽說有的是裝潢好時就安裝針孔攝影機，說不定連門板上都有機關。」

唉……陳奕齊重重嘆了口氣，萬分無奈。

「我一直覺得是家慈神經過敏，搞不好她眞的沒感覺錯……」陳奕齊緊握飽拳，「我要趕快去買，然後得找到房東問清楚！」

「老師，如果是房東安裝的話，你覺得他會承認嗎？」小白中肯的說，「一定打死否認的啊！」

「對啊，我覺得先找到證據比較重要！」阿德舉手，自告奮勇，「老師我可以去幫忙。」

「我也可以！」有空的學生紛紛舉手。

陳奕齊輕笑起來，很感謝學生的熱心，「不必啦，這種小事我自己解決！好了，下堂沒課喔，你們這麼閒！」

喔喔，下一堂！林詩倪趕緊看向手錶，下堂課在隔壁棟耶，她得趕快趕過去了。

「林詩倪！」出門時，陳奕齊在後面喊著，「謝了！」

她回頭，朝著老師揮揮手，「沒什麼啦！希望老師可以找到喔！……醬子講好像又不對厚！我先走了，有課！」

林詩倪匆匆忙忙的衝出去，陳奕齊也趕緊催促學生離開，這間教室等等有人要上課，謝妮潔刻意拉著小狐狸們走在後頭，想藉機跟老師說話。

好不容易，等到其他同學都散開了，她追著陳奕齊往樓梯下去。

「老師！」

「咦？」陳奕齊往上一層看，瞧見青春正盛的女孩，「謝妮潔！」

「老師，你有看到那天我在你家別的髮夾嗎？」她藉機走到老師身邊，馬吉們識相的在後頭行走。

「髮夾？」男人其實眞的很少會注意這樣的事。

「就這個。」謝妮潔噘起嘴，指指髮上的花型夾子，「長得跟這個很像，但是是粉紅色的愛心，水晶鑽喔，應該很閃亮。」

陳奕齊尷尬的笑著，「我還眞沒有留意，不過……我回去問問家慈！」

「嗯，在洗手間時不見的。」謝妮潔珍惜與老師共處的時間，話說得特別慢，「我原本放下來擱在鏡子前，離開後我又折回去找，就已經不見了。」

「放在外面的洗手間嗎？」陳奕齊認眞思考著，那天送走他們後，他第一件事就是去上廁所啊！

沒有看見什麼粉紅水晶鑽的髮夾吧？

「對，我只記得這樣，因爲我洗好手走回客廳，還沒坐下就想到了，但是折回去已經不見了。」謝妮潔自己沉吟著，「但我也不記得我是不是其實擺在其他地方，那天心情不好，記不太住。」

心情不好，謝妮潔毫不避諱的強調著。

陳奕齊瞥了她一眼，他知道謝妮潔的心意，但這只是一個學生對年長者的憧憬，他不覺得謝妮潔知道自己要什麼，這根本不是愛戀，只怕謝妮潔也不明白。

不過謝妮潔沒明說，他也不宜多做什麼解釋，只能消極被動著……假裝不懂她的心意。

這麼美麗的女孩，班上那些男生是在幹什麼？沒人追嗎？

「我回去會幫妳問的。」出了大樓，陳奕齊急忙的往另一邊去，「我得趕去買東西了，走了！」

「再見！」謝妮潔站在樓梯上，短促揮手，對著陳奕齊露出甜美的笑容。

陳奕齊匆匆下了階梯，往老師停車場去，小狐狸們分別自謝妮潔左右走上前，打趣的看著她那甜到蜜死人的笑容。

「開心了厚？」小狐咯咯笑著，「這麼甜！」

「哎唷！我是在請老師幫我找髮夾耶！」她嬌嗔著！

「最好啦！乾脆說我可不可以去你家找找好了！」小狸說得更賊了。

一樓外頭總是有一堆抽煙的或等人的學生聚集，不過不想吸二手煙的通常會分站另外一邊。

短髮的女孩回頭瞥了謝妮潔一眼，在說什麼啊？陳奕齊老師不是有女友了嗎？

「真要找也要趁那個女人不在！」謝妮潔提起杜家慈，口氣就不甚愉快，「我到現在還不能接受老師有女友這件事……」

「好了啦！別氣！」小狐拍拍她，「我們去聯誼好不好？妳不能老是看一個得不到的人啊！」

「誰說我得不到！我只是沒有去爭取罷了！」謝妮潔咬著唇，「妳們說得很對，我應該親自找機會去找我的髮夾才對！」

小狐狸們對看一眼，莫不喉頭緊窒。

「妮潔，妳眞的掉髮夾啊？」

謝妮潔左右各看了好友一眼，「妳們在想什麼啦！我是眞的掉了，妳們那天也沒幫我注意，我下樓時髮夾就不在頭髮上了！我眞的放在鏡子前，一離開廁所走到妳們旁邊就想到了，根本沒有一分鐘吧！但髮夾就不見了！」

小狐試圖回憶，但事實上她們誰會去留意這種細微末節啦！

「中間會有人跑進去嗎？」小狸假設性的說著，「說不定被拿走了！」

「拜託，這麼短的時間有點難吧？」謝妮潔下了樓梯，「也可能我記錯了，一般不可能這麼快就被誰拿走的啦！」

目送三個女孩的背影走遠，短髮女孩扶正眼鏡，搖了搖頭。

「小～靜～」冷不防的，背後傳來很噁心的聲音。

女孩冷冷的回頭，雙眼凌厲得保證令人膽寒，嚇得原本萌樣男孩原本的陽光笑容頓時消失。

「幹、幹嘛……這麼凶……」他還一臉無辜，「我喊小小聲的耶！」

女孩掄起背包，轉過身，不小心狠狠的踩了男孩一腳再路過。

「啊……哎唷！」男孩立刻抱著腳又叫又跳，另一個戴著毛帽的可愛男孩立刻上前直問他怎麼了。

女孩直接走向高瘦的男孩，他戴著黑色毛帽，微蹙著眉，「怎麼？妳在看誰？」

「陳奕齊的愛慕者。」女孩挑了眉，指指走遠的背影，「謝妮潔記得嗎？」

「哦～」男生一頓，「等等，老師不是有女人了嗎？」

她微笑點頭，正是。

因爲他們就住在老師家對面棟啊！老師喬遷新居，跟女友在窗子邊吻得火熱的模樣，他們四個室友都喝茶配點心觀賞過囉！

第三章 誰在那裡!?

陳奕齊買了反針孔偵測器、還順便買了一件簡單的洋裝，想給杜家慈一個驚喜，並且爲他認爲她精神敏感的失誤而道歉；衣服還用個盒子妥善包好，偷偷帶回家，只是回家時屋內卻全暗，似乎沒人在家。

「小慈？杜家慈？」他喊著，「奇怪，不在嗎？」

決定先把衣服藏進書房書櫃後方，再到臥室去看，杜家慈眞的不在家。

他點亮了家裡的燈，冬天暗得早，天空已變成灰霧藍，再幾分鐘就要天黑了，他開始傳LINE給杜家慈，她今天休假，沒說要出門啊。

喀咚。聲響讓他愣住，站在客廳的他回首，聲音是從置物櫃裡傳來的，有什麼東西掉下來了。

他趕緊打開來查看，發現放馬克杯的櫃子裡，其中一個馬克杯倒了。

「怪了？」陳奕齊蹙著眉把馬克杯扶正，好端端的，馬克杯怎麼會倒下來？這層櫃子裡擺滿了杯子，要不小心傾倒的機會還不大，更別說剛剛沒地震啊……他仰頭看著客廳上的燈有無搖晃，該不會他感覺遲頓吧——咦？

陳奕齊倏地正首，看著擺著杯子的櫃子。

剛剛那瞬間，他覺得似乎有人在看他？

嘖！他是怎麼回事？被家慈傳染了嗎？噢噢噢，不對！說不定眞的有針孔攝影機！

陳奕齊趕緊把櫃子關上，直接打電話給杜家慈，再拿出偵測器。

「家慈，妳怎麼不在家？」他問著，開始拿出偵測器，決定從客廳開始，

「對，我回來了，嗯嗯，附近便利商店？喔好！」

陳奕齊把手機擱在客廳茶几上，他突然能體會家慈的想法，如果眞的有人在偷窺他們，那麼待在這個家必定是坐立難安，如果是他，一秒鐘都不願意待在這裡。

不到五分鐘，杜家慈回到家裡，二話不說就撲進了陳奕齊的懷裡。

「天哪！奕齊奕齊！眞的有人在偷窺我們！」杜家慈泣不成聲，緊緊的抱著他，「我不想待在這裡了！」

「慢慢……妳慢點。」陳奕齊慌張的拍著她，「怎麼回事？妳怎麼如此篤定？」

杜家慈抬起滿是淚痕的臉，看得出來她哭了好一陣，鼻子、眼睛都是紅的，咬著唇從口袋裡拿出一張揉爛的紙條。

「我、我今天要下去倒垃圾時拿到的！」她抽抽噎噎，「那個人還、還示威了！」

示威？陳奕齊即刻接過來打開一看，當場愣住——『**我正在看著妳！**』

「太噁心了！」他氣急敗壞的把紙條揉成一團，「妳放心，妳看我買了什麼回來！」

他出示買回來的偵測器，他要從天花板到地板，仔仔細細的檢查一遍！

杜家慈恐懼的先去把大門鎖上，然後緊張的要把窗戶全數關上，連窗簾都放了下來，不希望有任何視線看進來。

即使，視線似乎不是從外面看進來的。

陳奕齊只能安撫再安撫，然後一邊期待著能偵測到該死的針孔攝影機，但是一個小時過去、兩小時過去，連杜家慈都接手重新檢查房子，他們一共檢查了三次，都沒有發現任何針孔攝影機的跡象。

「不可能！那、那張紙條是怎麼回事!?」杜家慈逼近崩潰的哭喊著，「我不是錯覺，奕齊，你要相信我，我真的覺得——」

抱著陳奕齊的她突然哽住，眼珠子緩緩往右邊瞟去。

來了，視線掃了過來！

看著女友的眼神瞟過去，陳奕齊即刻跟著看去，將女友護在懷裡。

「沒事！沒事的！」他使勁擁抱著她，「我在這裡，我在這裡！」

但是他們檢查了三輪，並沒有任何疑似針孔攝影機的蹤跡，他甚至趁杜家慈在檢查時，親自用手摸過家裡每一吋……高處當然沒辦法，但是都沒有任何不平整的地方。

所以……杜家慈跟林詩倪都是錯覺嗎？

有的人天生比較敏感，換了新環境，所以格外不安，他忍不住這樣想著，因爲他眞的沒有這麼強烈的感受。

「我們都冷靜一點，不要一直想這件事。」陳奕齊最後對女友這麼說，「我去煮晚餐給妳吃。」

杜家慈虛弱的點點頭，其實她根本吃不下，但是她瞥著茶几上的偵測器，如果有應該要找到了對吧？她自己也心知肚明，連她都找好幾輪了，她開始懷疑自己……心理上是不是出了問題？

「我來吧。」爲了讓自己有事忙，杜家慈決定不再去想這件事。

如果沒有的話，那她豈不是爲了這種神經敏感，壞了好好的日子嗎？

情人們手牽著手進廚房張羅，兩個人煮份簡單的麵就好了，杜家慈在廚房燒水，陳奕齊到冰箱拿取青菜跟蛋。

陳奕齊分享今天上課的狀況，不讓杜家慈有靜下來胡思亂想的機會，她也很配合的回應著，兩個人情緒狀似逐漸回穩，有說有笑的度過愉快的晚餐。

在洗碗時，杜家慈便意識到，似乎眞的是自己多慮了？因爲從剛剛到現在，她如果沒去在意，就不會一直覺得有人在看她……是啊，完全沒有可以藏針孔的地方，而且如果眞的有人從針孔攝影機偷錄，她又爲什麼會有感覺呢？

並不是眞的有人在看著她啊！

熱水器的聲音響起，她瞥了眼斜前方，廚房跟臥房裡的浴室一牆之隔，可以聽見水聲；她的悲傷尚未消失，今晚奕齊表現得像是個可依靠的男人，但是藏在他口袋裡的女人飾品，依然無法解釋。

那些是眞實握在她手中的，不會是多慮或是幻覺。

把未煮完的菜包妥，杜家慈將之放進冰箱，只是冰箱門一開，她又皺了眉——餅乾跟麵包盒子，又被喬回來了。

「搞什麼啊！」她抱怨著，也才讓他開了一次，爲什麼要移動東西呢？

重新調整回來後，她不太高興的到客廳撕張便利貼，在上面寫明了**餅乾盒在右邊、麵包盒在左邊**，好整以暇的貼在冰箱上。

奕齊啊，冰箱不是你在管，拜託別再……她忽然頓了一下，直起身子把冰箱門關上，剛剛那一瞬間，好像又有視線投過來了。

不要亂想！明明檢查不出來啊！或許……她咬著唇走回廚房，明天再讓奕齊去買一個更新更好的，再檢查一次好了。

否則，她心不安哪。

水聲依舊，在浴室裡洗熱水澡的陳奕齊正將冰冷去除，他今天還順便買了兩條全新的浴巾，聽說吸水力超強，等等就來試試看！

仰頭閉上眼睛，任熱水沖著頭與身體，好不容易等身子都暖了之後，才甘願的關水，抹上沐浴乳。

抹去占滿睫毛的水珠，水珠們早模糊了他的視線，但是仰著頭的陳奕齊剛剛好像看見天花板上的那塊活板門，揭起了一點點？

他們浴缸的天花板有塊像暗門的木板，上頭都是水管配線，方便檢查用的，他如果背對著蓮蓬頭沖水時，恰好就能看見上方那活板門。

剛剛怎麼覺得有一角揭開？他用力抹去睫毛上的水珠，定神一瞧，木板好端端的蓋在那兒。

奇怪了？他關上水龍頭，沒想太多，只是再度扳開水龍頭的那一剎那，他明顯的聽見了沙沙聲——沙——

上面？陳奕齊抬起頭，趕緊關上水龍頭，但是又沒了聲響。

錯覺嗎？他望著水龍頭，試著扳開——沙嚓嚓，果然立刻傳來聲音，關上，再度鴉雀無聲！

「厚，眞的越想越疑神疑鬼！」他嘖的打開水龍頭，沖個痛快，根本就是水龍頭的聲響，自己在那邊腦補。

這裡是不是不要待了？但是跟房東簽了三年約，總不能把空屋扔在這兒去租別的地方吧？他沒這麼有錢啊！

但是家慈的狀況實在不好，雖然晚上努力的讓她分心，但是他並未覺得她眞的釋懷。

總是常常頓住或是張望著所謂的「視線」。

別的不說，那張紙條是怎麼回事？堂而皇之到他們家門縫塞紙條，這未免太超過了，走廊上跟電梯裡都有監視器，他一定要跟房東伯要錄影帶，看看是哪個人在惡作劇！

最有可能的，應該就是同一……嗯？想到住右邊的空姐正妹，她看起來人很好啊，會這樣整人嗎？

掀開浴簾離開浴缸，陳奕齊直接拉過吊勾上的浴巾擦身體，拉……他伸長的手撲了空。

咦？滴著水他回頭看著剛剛還掛在這兒好好的綠色長浴巾，啊他的浴巾咧？

「家慈!杜家慈!」陳奕齊裹著舊浴巾走了出來,「妳拿我浴巾做什麼?那是新買的啦!」

「什麼?」已經坐在床上看手機的杜家慈一臉錯愕,「誰拿你什麼浴巾?」

「厚,就綠色的那條啊,很大條,我今天才買的超吸水浴巾,掛在門旁。」他有點無力,「不要亂拿啦,那不是抹布好嗎?」

「我沒有拿啊!」杜家慈說得義正詞嚴。

陳奕齊很無奈,屋子裡就他們兩個,他在洗澡時瞧不見外頭,杜家慈要進來拿東西根本輕而易舉,有必要扳著張臉嗎?

「厚!」他說著,光著身子往書房去,先拿另一條原本要給杜家慈的來用。

他一走動,屋子裡到底都是水,杜家慈緊張的跳了起來,趴在床緣,「喂!你擦乾再走啊,這樣一路滴水,我們的地板是木地板耶!」

「誰叫妳要拿我浴巾,我要先去拿另一條來擦!」他遠遠的喊,聽起來進了書房。

「我哪有拿啊!你很奇怪耶,根本是你忘記拿進去吧!」杜家慈趕緊衝到廚房後的陽台拿抹布回來擦地。

呼!陳奕齊正在書房認眞的從頭到腳擦一遍,咦,的確挺吸水的耶!身上全擦乾了，浴巾感覺並沒有很溼。

「就這條啦！妳看，非常好用耶……」走進房間的陳奕齊，僵硬的看著跪在地上擦地板的杜家慈。

她手上拿著的，是一條綠色的方巾。

「什麼？」她抬起頭，看著他手上的浴巾，好像有點面熟？

陳奕齊皺起眉，驀地一股無名火就竄了上來，「杜家慈！我就說那是浴巾了！妳還拿來擦地板！」

「什麼浴巾啊你，我——」杜家慈舉起手上的抹布，才發現它異常的厚，「啊，這個是……是哪裡來的？」

「是我掛在浴室裡面的！」陳奕齊氣急敗壞的衝過來，一把搶過她手上的浴巾，「我是要買給妳用，妳拿來擦地板！」

「不……我不知道，我是從陽台的抹布架抽的啊！」她不可思議的搖著頭，好端端的，爲什麼浴巾會掛在那兒？

陳奕齊根本不想聽她說話，忿怒的往浴室裡去。

「奕齊，我眞的不知道！不是我拿的！」她衝進浴室裡解釋著，「我根本沒看過這條浴巾，我只是急著想擦地板，就隨手從陽台上抽了。」

「所以呢？」他不悅的瞪著她，「妳是要說它長得太像抹布所以先拿去掛了嗎？這太奇怪了，妳特地進來拿走我的浴巾去當抹布是什麼意思？」

「你都知道奇怪了還問！我根本不可能幹這種事！」杜家慈緊握著雙拳，「我不知道該怎麼解釋……說不定是你自己搞錯，把浴巾掛上抹布架的啊！」

陳奕齊套好睡衣，不可思議的回頭，「我？我白痴嗎？我今天新買的浴巾我拿去當抹布？」

「誰曉得！我說過幾百次冰箱裡物品的位子了，你都能放錯，更何況這種事！」她一把將陳奕齊往外拉出，「你自己來看，我說過餅乾右邊麵包左邊，爲什麼要喬位子？」

「我哪有喬！都照妳說的放啊！」陳奕齊也越回越大聲，「妳現在是在無理取鬧，沒事找碴是嗎？」

「我找碴？你自己看！」杜家慈一骨碌把冰箱打開——

餅乾好端端的右側，麵包在左側，鮮明顏色的盒子整齊劃一，完全按照她要求的樣子擺放著，從未更動過。

杜家慈傻站在冰箱前，但被她拉過來指責的陳奕齊卻怒不可遏了。

「還說妳不是找碴！」他簡直忍無可忍，「杜家慈，妳究竟是怎麼了？」

「不，不可能……剛剛我看還是相反的！」她忽然驚恐的顫了一下身子，「家裡……有別人？」

「越說越扯了！」累積兩星期的壓力，趁著小隙縫開始爆出，「妳看清楚，我也偵測過了，家裡沒有針孔，我們家除了我們兩個以外沒有其他人！妳到底在說什麼？」

「不，一定有人……」她倏地瞪圓雙眼看向陳奕齊，「說實話吧，難道你帶人回來了？」

「什……」陳奕齊錯愕得不知如何接話，杜家慈二話不說直接往他書房衝去！

「杜家慈！」

杜家慈激動的衝進書房，亮了燈往裡頭找，連不可能藏人的小矮櫃都打開來看，然後在書櫃後方，發現了陳奕齊藏起來的盒子。

「這什麼？」她一把抽出，是一件蕾絲小洋裝，「你要買給誰的？」

追進來的陳奕齊扼腕不已，這不是他想給禮物的方式、也不是他想要的浪漫！

「那是……我本來要給妳一個驚喜的！」

「少來！那是因爲現在被我找到了你才這麼說！你要送給誰？」杜家慈揪著衣服歇斯底里，「那個叫謝妮潔的女孩嗎？」

謝妮潔?陳奕齊一驚,「妳在說什麼啊!杜家慈,越說越誇張了!」

「我誇張?你有別的女人了不要以爲我不知道!」杜家慈哭吼著,「你是不是偷偷把她帶回來了?把她藏在哪裡?」

「杜家慈!」陳奕齊低吼出聲,一把抓過她的手,「妳冷靜點,妳現在在發什麼瘋!」

「我發瘋?你敢說!」杜家慈氣得甩開手,跌跌撞撞的離開書房,即刻往臥房奔去。

手裡緊抓著那件洋裝,衝到梳妝台前,從下層裡拿出那個盒子,陳奕齊跟著衝進來,看著她把盒子裡的夾鏈袋拿出,一整包用力砸在床上!

陳奕齊愣住,狐疑的單膝上床,拿過那包夾鏈袋……仔細看,裡面都是髮夾或是飾品,轉了一圈,他赫然看見一個粉紅水晶鑽愛心髮夾……謝妮潔的?

「妳怎麼有這些?」他皺著眉看向杜家慈。

「吃驚了厚!我才想問你,爲什麼有這麼多東西?沒有一個是我的!」杜家慈指著他,渾身顫抖,「我在衣櫃裡、在你的衣服裡找到的,有時候甚至在床下、枕頭下,你以爲藏得天衣無縫,但是都被我找到了!」

「我?我的外套裡?」陳奕齊這下可傻了,「這又不是我的東西,我怎麼可能買這些！妳又不愛飾品！」

「買給別的女人啊！」她緊捏著洋裝，「然後現在你敢說你這件是買給我的！少騙人了，你藏在那裡，是爲了送誰？」

她尖叫的把洋裝扔上床，然後奔過陳奕齊身邊，把他撞倒在床上，踉蹌的衝到衣櫃前，把衣櫃給打開。

她瘋狂的撥動著衣服，右邊喊完換左邊，一邊翻著一邊喊著妳給我出來，彷彿認定裡面有藏人似的！

「杜家慈！」陳奕齊簡直傻了，家慈那種模樣，眼神已經不像正常人了！他上前由後緊緊抱住她，把她往後拖，「妳不要這樣！我沒有別人，我只有妳——妳到底怎麼了？這間屋子把妳逼瘋了嗎？」

「是你……是那個人……他一直在看著我！」杜家慈扭動著身子，「啊啊……他現在在看著我們！就是現在！」

她使勁掙開陳奕齊，將他往床上推，抱著頭衝到牆邊的電視下，失控的哭嚎著。

跌坐在床上的陳奕齊完全不知道該怎麼辦，他看著床上的洋裝跟飾品，有著非常不好的想法。

「妳……偷東西嗎?」他幽幽開口，從夾鏈袋裡拿出了謝妮潔的髮夾。

坐在地上的杜家慈倏地瞪圓雙眼，雙眼緊盯著地板，還有逼近的雙腳，陳奕齊緩緩蹲下身子，將髮夾放到她面前。

「這是我學生的東西，那天在我們家丟掉的。」他沉重的望著杜家慈，「妳生病了對不對?妳趁機偷了她的東西?」

杜家慈兩眼發直的看著他，簡直不敢相信這話是從她的男人口中說出來的，東西是在他慣坐的沙發縫隙裡找到的，他現在有臉誣衊她偷竊?

「你爲什麼不說……這是她在你懷裡時掉的?」杜家慈紅著雙眼，忿忿的質問著他，「這是在沙發裡翻出來的!」

「不……不要再說謊了!妳生病了，家慈!」陳奕齊握住她的雙肩，「針孔攝影機也是妳的幻覺，有人在看妳只是妳作賊心虛!我們明大去看醫生!」

「去你的!」杜家慈發狂的用力推開他，「你才有病!你休想把我塑造成是生病，你劈幾個女人天曉得，還想推到我身上!」

這簡直太不可理喻了，「我對天發誓，我根本沒有劈腿!都是妳在說，東西在我衣服裡找到、冰箱位子錯亂，都是妳一個人在自導自演!」

杜家慈搖著頭，顫抖著唇往浴室裡走去，「夠了!我受夠了!我們結束了，我沒想到你是這樣混帳的傢伙！」

「分就分！」陳奕齊怒吼，「妳不想結婚，也不想跟我在一起，打從一開始妳就不想要搬到這裡來！」

原本要進浴室的杜家慈又探出頭來，「對！我討厭這裡！不熱鬧又偏僻！距離你學校近又怎樣，我喜歡大樓，不是這種磚房！而且我就眞的不想結婚！」

「看！妳說出來了！妳總算說出來了！」陳奕齊指著她，忿怒的往前，「我就知道妳是這麼想的，但是很遺憾，錢是我的，我愛住哪裡就住哪裡！」

砰！浴室門被狠狠甩上，差點撞上陳奕齊的鼻尖。

「滾——」裡面傳來歇斯底里的尖叫聲。

「這是我家！」陳奕齊怒不可遏的重拍了門板，「要滾也是妳滾！」

『嘻……』

咦！陳奕齊嚇了一跳，剛剛怎麼有笑聲傳來？那聲音好明顯，但是是在……

他不解的原地轉了一圈，他不知道聲音從哪裡傳來的。

很像是女孩的聲音，一種竊笑聲！

怪了？他緩步走出臥室，在客廳、廚房及書房都看了一遍，那不是家慈的笑聲，來源不同，但是他家不可能有別人啊！

站在書桌邊，看著在地上的夾鏈袋，不由得再度怒從中來！

他回到臥室，換上外出服，從敞開的衣櫃下頭拉出一個小袋子，塞了幾件衣服進去；再回到書房把明天上課要用的東西放進去，直接就往外頭走去。

今晚他們誰都不該再待在一起，他回首忿忿的看著臥室，床上那件洋裝，都讓他覺得心痛。

啊……他折返，從地上拾起那閃閃發光的愛心髮夾，得找機會還給謝妮潔，還得跟她道歉。

因爲他萬萬想不到，親愛的枕邊人，居然會偷他學生的東西啊！

暫時，他不想再見到杜家慈了！

砰！巨大的甩門聲傳來，讓蜷在馬桶上的杜家慈顫了一下身子……怎麼回事？她飛快的轉著眼珠子，奕齊出門了嗎？他扔下她一個人在家裡？在這個被人偷窺監視的家？

她慌亂的衝出浴室，一路往客廳奔去，看著不見的鞋子，已扳開的門閂，已經告訴她答案了。

「天哪……你怎麼可以把我一個人扔下來！」她掩嘴哭了起來。

顫抖著重新鎖門，把門鍊門上，杜家慈頹然的走回房間，才踏進第一步，腳底就踩到了一只手環……低下頭，看著滿臥室的地板，全是夾鏈袋裡的飾物，竟被撒得滿地都是。

奕齊這麼生氣嗎？還是作賊心虛？淚水模糊了她的視線，她一個個把散落一地的飾物重新撿起，擱回那個夾鏈袋裡，每樣她都記得，尤其是……她在梳妝台底下拾起那枚單鑽戒指，這枚她原本以爲是他要用來求婚的戒指！

緊緊握著戒指，她痛哭失聲，爲什麼他們之間會變成這樣……如此易怒，摔東西從來就不是奕齊會做的事啊！

壓緊夾鏈袋時，杜家慈抽泣的看著鏡裡的自己，等等，剛剛她衝出浴室追奕齊時，飾品就已經灑滿地了嗎？但是她怎麼沒有踩到？

回身看著木地板，照理說她赤腳踩出來，應該會……會踩到什麼啊？

啊！算了！她好累，一點都不想去想了。

把飾品再度放回盒子裡，將那條被當成抹布的浴巾放進洗衣機中待洗，再回臥房把那件小洋裝吊掛起來……站在衣櫃前遲疑了幾秒，轉身面對牆上的鏡子比對，仔細看，這好像是她的尺寸。

那個謝妮潔更瘦更高，但是也穿得下這件洋裝。

推開左邊的衣櫃門，她原本要放進去的，可是她不想要這件洋裝，又不是什麼特殊日子，奕齊也從未送過衣服給她！

這一定是給別人的，只是被她抓到，所以才改口的。

咬著唇推開右邊衣櫃，她硬是把那雪白的洋裝，掛進滿是男人外套與襯衫的衣櫃裡。

她才不要這種衣服！用力關上衣櫃，她已疲憊不堪。

好幾天沒有睡覺了，她現在什麼都不想去思考，說不定她眞的有病，明明沒有針孔，她卻說一直有視線；但是這也不能解釋門縫下的紙條來源，有人的確在注意著他們。

如果只是惡作劇，那未免就太惡劣了！

關上燈，翻身上床，她必須先睡一覺，醒來後再來好好思考，到底該怎麼辦……跟奕齊之間、究竟應該……

嚓嚓嚓……衣櫃裡傳來了磨擦聲，沙沙。

杜家慈隱約的似乎聽到了什麼，但是她好累，身體好重……爲什麼有點像有人拿指甲刮木板的聲響？

指甲……她查過了，那裡面沒有人的，奕齊沒有帶誰回來藏。

啊，他出門是藉口吧？是不是那漂亮的學生正在旅館裡等他，有著春春無敵的肉體與美貌？

否則，明知道她擔心著被偷窺，爲什麼要把她扔下來？

爲……喀！砰！

杜家慈皺起眉，昏昏沉沉的努力睜開雙眼，衣櫃裡有聲音。

她向左翻身，看著黑暗中的衣櫃，因著外頭的光線，透出一種灰白的光澤。

叩叩，嚓——衣櫃裡明顯的傳來不是物品掉落的聲音，有人在敲門？而且還在抓著門板？

怎麼回事？杜家慈幾乎是一秒清醒，她撐起身子，不可思議的往衣櫃看去。

然後，放著陳奕齊衣物的那道門，緩緩的被推開了。

杜家慈瞪圓雙眼，身子開始發抖，爲什麼門會自動開，是有人、有人從裡面開啓……一隻手，從剛開啓的門縫中緩緩伸出，她看不清楚手的樣子，但是他們的衣櫃裡，不該有誰——

鈴——

「哇啊！」杜家慈倏地彈坐而起，滿身是汗的她瞪著眼前牆上的電視，耳邊傳來的是Adele的Hello。

她驚恐萬分，一顆心跳得疾速，發顫著看著黑暗中的房間，她在、她在房裡——倏地向左邊的衣櫃看去，門關得好好的。

夢？她忽地鬆了口氣，她在做夢！

轉身看著床頭櫃，手機響個不停，抓過來瞧，半夜一點，是陳奕齊。

「奕齊！奕齊！」她慌張的接起，一拿起來就是哽咽，「你快回來！」

「……家慈？怎麼了？妳爲什麼在哭？發生什麼事了？」在汽車旅館的陳奕齊根本跳起來了。

「我剛做了一個惡夢！」她哽咽不已，「太可怕，我不想一個人待在家，拜託你快點回來……咦！怎麼？」

伸長手，她試圖扭開燈，啪，開關切了，但是燈沒亮。

咦？杜家慈看著床頭燈，反覆切了兩下，還是沒有亮燈，怎麼回事？停電嗎？

這時她才往門口看，對啊，她睡前客廳燈是亮著的，但是現在卻已經黑了！

「怎麼回事？」

「好像停電了！」她咬著唇，低泣，「奕齊，你快回來，我好害怕，我——」

她止住了話語，因爲她再度感受到強烈的視線。

那是有史以來最強大的，甚至帶著敵意，她可以分明的感受到一種威脅，曲著的雙腿甚至開始顫抖。

這絕對不是錯覺，她不知道該怎麼解釋，但是眞的有人在看她。

嚥了一口口水，她突然想到……所謂的「超自然現象」以及「另一個世界的人」。

「奕齊，你搬進來時有查過嗎？」杜家慈咬著唇，「這是凶宅嗎？」

「嗄？什麼？」陳奕齊已經在收東西了，「我聽不清楚，有雜音。」

沙──在寂靜的黑夜裡，清楚的磨擦聲自衣櫃裡傳來，杜家慈直接滑掉了手機！

啪啪啪，衣櫃裡傳來拍打聲、磨擦聲，像是有人戳著木板似的。

怎麼會……她叫出手電筒，抓著手機往床緣移動。

「家慈！」電話那頭的陳奕齊覺得怪，她突然沒聲音了！

「我覺得……」她皺起眉，瞪著衣櫃門瞧，突然喀的一聲巨響，有東西落進了衣櫃裡。「哇！」

「家慈！」

「是……衣架掉下來。」她認得那聲音，是衣架聲。

說歸說，她還是站得離櫃子超級遠，伸長了手用指尖緩緩的推開衣櫃門……

慢慢的，這速度讓她想起了剛剛惡夢裡的場景，不一樣的是，剛剛夢裡是衣櫃自動開啓，現在是她主動推開。

主動推開比較好，她暗忖著。

一推開，就看見稍早吊掛的洋裝掉落在下方，連同衣架一起落下。

怎麼會是連衣架一起掉呢？她不解的是衣服掉下來還有話說，衣架掛得穩妥，到底是要怎麼樣的晃動才會落下？她一手拿著手機，一手拾起衣服，在LED強烈的燈光照耀下，她看著那米白色蕾絲洋裝，竟已被撕成片片碎布。

僵著身子看著手上的洋裝……這不會是她做的，洋裝好端端掛在衣櫃裡，掛在——

她的視線，移進了衣櫃裡。

她覺得，她在跟某人對望著……是，視線直襲而來，就在她正前方，強烈的敵意，這不是妄想！

「家……沙沙，家慈？」

杜家慈甩下洋裝，驀地使勁撥開上方排排掛的外套與襯衫，衣櫃裡依然不如她所預料，根本沒有任何一個人躲在那兒。

手電筒照著木板，她已經查過幾百次了，連一個小洞都沒有，不可能被裝設針孔的。

伸長手，她開始觸摸，由上而下，由左而右，指尖在木板上移動，發出的沙沙聲響，跟她剛剛聽見的好像。

指尖一路往右，幾乎到了轉角——嗯？

她的指腹，卡進了一個細小的縫中。

狐疑的蹙起眉，她試圖扳動那個縫隙，只使了一點點勁道，木板就往左推移了些，杜家慈的指頭一下子進了那道縫隙——喝！

她觸及了某種東西。

有些濕潤，圓弧形的，顫抖著手略移動，摸到了有些像短毛的東西。

毛髮顫動著，掠過她的指尖，她倏地收回手，驚恐的望著衣櫃底端，剛剛那觸感是……眼球？

喀噠……一隻手，緩緩的從底邊的縫伸出來了。

她剛剛才做了一個夢，夢見有隻手從衣櫃裡伸出來，夢裡太黑暗，她瞧不清，但是現在，在手電筒的照耀下，她看得一清二楚。

那是一隻指甲破裂藏污納垢的指尖，血與污泥混雜著，斷裂的指甲看上去有點腫脹……她就知道，她沒有生病。

眞的有人在看著她，在看著——

「哇啊啊啊——」

男孩捧著溫熱的杯子，站在窗口遠眺著。

「老師好晚睡喔！」

後面的男孩正忙著把棉花糖倒進巧克力飲品裡，「什麼？」

「老師平常都蠻早睡的啊，今天好晚喔！」男孩一頭亂髮的靠著窗櫺往遠方的對面瞧。

夏玄允趕緊拖著腳步往窗子來，跟著往外眺，「有客人吧！」

「喂！你們腳步聲小一點！」身後走出毛穎德，用氣音小聲說著，「等等吵醒老虎，就知道死了！」

噢噢！兩個可愛的男孩趕緊回首，彼此比了一個噓，不吵不吵。

夏玄允躡手躡腳的回房，郭岳洋忙把窗簾拉上，關上前看著老師家窗邊的女人，那個女生站好久，怎麼會讓客人站這麼久呢？

第四章 委託

隔天上午，陳奕齊以事假為由，向學校請假，沒有人知道怎麼回事，但老實說也沒有多少學生會在乎老師來不來，不上課更好，最好老師永遠都不要來上課。

幾個女孩看著遠處奔跑而來的男孩子們，交頭接耳的討論著。

「看見沒有？很可愛吧！」

「真的耶！美少年！嘻！」

「他後面那個就是郭岳洋嗎？」有女孩子拿起手機拍照，「真的活像二次元裡走出來的，好萌喔！」

「妳才知道，夏天裝可愛時那才是萌翻了。」身為「夏天粉」的女孩子笑容都快融化了，「上次他衝著我笑，我都快暈了。」

「欸，那他跟郭岳洋是一對嗎？」腐女們克制著興奮之情，「天天黏在一起耶！」

「兩個看起來都是受君啊……」有人眼睛一亮，看見了郭岳洋身後的高大男生，「來了！毛穎德！他們後面那個酷酷的男生。」

噢噢噢，明明是校園開放空間，但視線卻從四面八方襲來，女孩子們或交談或竊笑的，看著朝著社辦大樓疾走的男孩們，興奮得又叫又笑。

「五官好立體喔，看上去超MAN的！」

「毛穎德，跆拳道黑帶！游泳冠軍！」有人對幾個男孩的資料倒背如流。

「這麼厲害，那是攻！」

忍耐，毛穎德不動聲色的假裝看不見那些女孩可怕的眼神，或是耳邊傳來的笑聲，當作她們都不在，他只管進入社辦大樓就好了。

而前頭兩個狀似高中生的萌少年，還有空對大家投以靦腆的笑容，鑲著酒窩的萌笑。

距離毛穎德大概兩公尺遠，一個駝著背的女孩揹著背包，默默的低頭走著，她頭戴毛線帽，帽簷拉多低就有多低，一副粗框大眼鏡遮去了半張臉，再加上冬天有圍巾可以將鼻子以下埋進去，幾乎都要看不見她的臉了，她悶聲不吭的看著地板走路，也不管其他視線。

這女生大家也知道，「都市傳說社」的元老社員，跟夏玄允他們聽說分租一層公寓，是樓友耶！感情好得不得了。

只是搞不懂那個女孩子怎麼會跟活潑開朗的夏玄允他們在一起呢？看上去既內向又害羞、個性也膽小，聽說一句話都說不全！去年底有人邀她去參加耶誕舞會，還害羞的衝出教室耶！什麼年代了，還這麼怕生！

但是他們幾乎形影不離，所以女孩子們只好勉強順便認識她了。

夏玄允，「都市傳說社」社長，標準美少年，擁有漂亮的五官跟可愛的娃娃臉；郭岳洋，與夏玄允同一所國中，大學時重逢，一樣有張清秀文靜的臉龐，兩個人都細皮嫩肉、吹彈可破，現在可是校園內的風雲人物。

由於「都市傳說社」非常火紅，社團不停的貼出各式各樣的都市傳說，而且社團裡的人還親自遇到過，並且身陷其中，由於描述得異常眞實，有許多還牽扯到眞實的社會案件，令人不得不信服。

上學期末，他們更信誓旦旦的說遇到了「都市傳說之聖誕老人」，聖誕老人在給予好孩子禮物的同時，也向化學系的壞孩子索取禮物，這就是化學系學生一夕之間，死的死傷的傷、截肢斷頭的學生異常的多。

起因，還是來自於前一年的離奇命案。

「都市傳說社」的臉書社團寫得實在太眞實了，跟案件不謀而合，甚至有存活的人當證人，再度在校內掀起一陣炫風，大家對於玄異之事總是好奇，就算不盡信也會尊重，成爲全校茶餘飯後的熱門話題。

這個社團也跟著風生水起，隨著每一次的危機，增加強大的人氣，人數已經爆多到校方提出社團加入人數上限，還有人成立了二社。

至於那個很MAN的毛穎德，跟夏玄允他們是一起長大的，做人挺低調的，不怎麼喜歡理人，但是因爲他們總是在一起，很難不認識；而內向的馮千靜，則是許多女孩羨慕又嫉妒的對象啦！

大家現在最擔心——可愛的男孩們，會不會喜歡上那個邋遢又文靜害羞的女孩……

「我說你們那麼招搖做什麼？」

一進電梯，馮千靜取下毛線帽就往電梯牆上砸上一拳！

「加一，整條林蔭大道都是視線，看得我渾身都跟針扎的一樣難受！」毛穎德緊皺起眉，非常不爽，「我以後不跟你們一起活動了。」

「我也是。」馮千靜翻了個白眼。

「啊……」兩個男孩超無辜的異口同聲，「那又不是我們叫來的，會變成這樣我們也莫可奈何啊……可以假裝不在意她們嗎？」

「怎麼假裝啊！視線會刺人好嗎！」馮千靜不爽的再擊了電梯牆，整台電梯匡啷震動，「我裝扮這麼低調就是不想被人看見，現在倒好，視線多到快吐了！」

是，刻意掩蓋自己的長相與身材，馮千靜就是希望能消失在人群裡的人，她一直這樣祈求，才能平安的過完大學四年。

如果，一年前不要經過海報街就好了。

「我們眞的不知道會變成這樣！」郭岳洋憂心的說著，望著馮千靜，「不過妳遮成這樣大家也很難認出來啊……」

語調到後頭轉成哽咽，毛穎德汗毛一豎：又來。

下一秒，可愛的郭岳洋眼神轉爲凌厲，瞪向了高大的毛穎德。

「早晚會知道，我下支廣告下星期就要播了。」馮千靜瞥向數字，十三樓快到了，她重新戴上帽子，壓低帽簷，「短髮的事就別再介意了。」

毛穎德無力的看向郭岳洋，「喂，你還在生……」

「哼！」郭岳洋頭一撇，直接別過頭去。

電梯抵達，毛穎德回頭看向躲在角落的馮千靜，她倒乾脆，雙手一攤，「我沒辦法。」

「因爲我把妳頭髮剪短了而氣我，是一件非常非常無聊的事。」毛穎德萬分無奈，「我剪妳頭髮還不是爲了救妳！」

就在平安夜時，他跟馮千靜都被聖誕老人列爲壞孩子，聖誕老人必須取走壞孩子身上的一件東西，而他意圖拿走馮千靜的頭；這種情況下，他要點心機讓聖誕老人取走馮千靜的頭髮而已，他覺得自己應該要接受表揚吧！

結果看看郭岳洋的態度，他看見馮千靜的長髮被剪掉後，簡直是如喪考妣外加鬼哭神號，直嚷著毛穎德把他偶像的美麗長髮給剪了！

這是爲了救命啊，郭先生岳洋！

電梯門開啓，郭岳洋率先走了出去。

「給他點時間啦！他很迷小靜的嘛，尤其是那頭標記長髮。」夏玄允趁機回頭，對著毛穎德說悄悄話。

小靜，馮千靜，眞實身分其實是女子格鬥者，總是擁有一頭烏黑長髮，以「小靜」聞名；大學生只是她的副業，拼命努力爭取來的唸書機會，將自己打扮得內向邋遢，誰知道依然逃不過忠實粉絲的法眼。

但也正因爲郭岳洋是鐵粉，所以對於她意外剪髮一事耿耿於懷……對毛穎德耿耿於懷，兩個人從上學期末冷戰到下學期，毛穎德只覺得莫名其妙。

電梯門一開，門外就站著緊張的林詩倪跟阿杰，都是「都市傳說社」的社員，與都市傳說都有照過面。

「總算來了！」林詩倪一見到他們，趕緊上前。

「什麼事這麼十萬火急啦？」夏玄允趕緊上前，「還要我們翹課！」

「老師在社團裡等我們了，我把其他人支開了，說今天社團不開放，就我們幾個！」林詩倪帶著大家往左轉進長廊，「都市傳說社」最大間，所以位在長廊底端，「陳老師的女朋友失蹤了。」

一票人跟著往前走，聽這話實在莫名其妙。

「老師知道有一種東西叫報警嗎？」毛穎德忍不住嘖了一聲，「來找學生是沒有用的！」

「二十四小時之內不算失蹤，還無法報警。」阿杰回頭，「而且既然來找我們，就表示……」

嗯，馮千靜一陣寒顫，驀地煞住步伐。

「我覺得我應該要回去上課才對。」她蹙眉，開始後退，連毛穎德也遲疑起來。

會來找「都市傳說社」，就表示可能或許懷疑跟「都市傳說」有關了。

「唉呀！」郭岳洋原地轉了一百八十度，往回小跑步，掠過毛穎德立刻勾住馮千靜，直接往前拖，「走快點，感覺很像是大事。」

「大事？」馮千靜即刻騰出另一隻手及時拉住毛穎德，「要不要閃人？」

「別鬧了！需要大家幫忙呢！」林詩倪回頭，不悅的嚷著。

喔喔，大家交換著眼神，難得林詩倪生氣了呢！

來到社團門口，一塊源自都市傳說的木牌上刻著「都市傳說社」五個大字，馮千靜開始認眞覺得因爲夏玄允他們都在收集各種「都市傳說」的殘骸，所以這裡的磁場就變得非常非常非常容易吸引都市傳說！

「夏天！」他們才一開門，陳奕齊幾乎是衝上前，「夏天，你一定要幫我！家慈她不見了！她好端端的才在跟我講電話，我突然就聽見她的慘叫聲，我趕回家去時她已經不在了……」

「慢……慢慢慢！」夏玄允望著緊緊握住自己手臂的陳奕齊，老師好激動啊！「老師，你冷靜點，急躁解決不了事情的。」

他趕緊拍拍陳奕齊的肩，可以看出老師眼裡的血絲與瘋狂，他看上去好疲憊，痛苦不堪。

夏玄允推著陳奕齊回到社團的大沙發上，要他先把桌上的水喝光，平復一下心情；而郭岳洋立即坐到陳奕齊的另一邊，從書包裡拿出「都市傳說社」的紀錄本，再拿出錄音筆，準備紀錄事件。

人是阿杰跟林詩倪帶來的，他們早就分坐旁邊的位子，但是因爲毛穎德跟馮千靜是元老級社員，潛意識的就起身想讓座。

不過，按照慣例，馮千靜再度避開所有人的視線，一路走到社團底端的鐵櫃後方空間，一個外人都看不見的隱密空間，她的專屬位子。

「反正聽得見。」阿杰向林詩倪低語，不是不知道馮千靜的習性。

「這是怎麼回事？慢慢說，說清楚。」夏玄允溫和的開口，其實在壓抑自己的興奮之情——

老師的女友失蹤，跑到「都市傳說社」來，到底是哪個都市傳說啊啊啊啊!?陳奕齊渾身都在發抖，他絞著雙手仍舊激動得話不成串，阿杰看著狀況不好，就推推女友，由她代勞。

「老師，我說吧，讓您說兩次太痛苦了。」林詩倪替他接口，「昨天他們吵架，老師去附近住汽車旅館，半夜想到女友會害怕，所以試著打電話講和，卻聽見女友的慘叫聲，火速衝回家時，卻找不到人了。」

「有可能她也離家出走了吧？」夏玄允覺得這沒頭沒尾的，別忘了他們可是吵架中喔！

「門是反鎖的，門鍊鍊上，老師還是請鎖匠來剪斷門鍊才進屋的。」林詩倪繼續說著，「女友慘叫前他們在講電話，她說做了一個惡夢，還說果然有人在偷窺，非常恐懼的要老師回去。」

偷窺？郭岳洋一邊紀錄，一邊圈起了這兩個字。

「偷拍嗎？」毛穎德從鐵櫃後探出頭來。

「一開始是這麼認爲，老師的女友……她叫杜家慈。」阿杰有點懶得一直用代名詞，「她就是一直認爲有人在偷看她，所以才跟老師吵架。」

「針孔啊……有點變態。」夏玄允皺起眉，看向身邊的陳奕齊，「然後呢？有找到嗎？」

陳奕齊搖搖頭，「根本沒有，偵測不到就算了，我們已經努力的找過所有可能藏針孔的地方，連牆上也都沒有洞……」

「既然沒有，爲什麼她會認定有人在偷窺她？」郭岳洋咬著筆桿問，「而且若眞的偷拍，應該不會有感覺吧？不然怎麼叫偷拍？」

「我就是覺得家慈神經過敏，但是……」陳奕齊抬起頭，瞥了林詩倪一眼，「因爲他們說也有感覺，所以我決定測試看看。」

他們？大家不約而同的看向林詩倪，除了在鐵櫃正後方的馮千靜，她正在啃著餅乾，專心聆聽。

「我有跟你們提過，老師搬到附近，我跟阿杰不是去玩嗎？」林詩倪咬了咬唇，「我也有感覺被盯著。」

「我也有。」阿杰微舉手，「很不舒服的視線。」

一瞬間，夏玄允的神情微歛，但是雙眼有幾絲光芒。

「然後呢？有細節嗎？任何事情……」這會兒，他嘴角勾起了。

該死。毛穎德遠遠看著夏玄允，正首朝馮千靜搖了搖頭，凝重的眼神透露了一切。

馮千靜瞇起眼，「這個傳說連我都知道。」

陳奕齊把他們吵架的事說了一遍，浴巾當抹布、杜家慈認定他外面有女人、一整包飾品、然後他奪門而出，以及與杜家慈最後的通話。

「收訊不良，我一直喚她，她有回我，卻一直被雜音干擾。」陳奕齊回想起這段，就痛心疾首，「最後我聽見她說『果然』，果然後面有幾個字都沒聽清楚，我當時都已經打開旅館房門了——」

手機最後，卻傳來淒厲的慘叫聲——啊啊啊——

接著是手機落地的匡啷聲，通訊便直接斷掉。

「老師請鎖匠開門後，屋子裡是怎麼樣的狀況？」毛穎德提問，「有任何打鬥的跡象嗎？」

陳奕齊搖了搖頭，「很整齊，沒有打鬥的痕跡，我們的臥房裡也很乾淨，乾淨到……我甚至不知道家慈有沒有在床上睡過，連床都是平整的。」

「不是說她做了惡夢嗎？驚醒？」郭岳洋沒忘記這個關鍵。

「對，我以爲她睡在床上的，但是床鋪很整齊……什麼東西都好好的——啊！」陳奕齊拿出手機，「唯一不尋常的是這個，我送她的洋裝。」

他秀出手機照片，毛穎德起身過去觀看，照片裡是一件破破爛爛的布，那件洋裝被撕扯得蠻慘的。

「這在哪裡發現的？」郭岳洋又問。

「掛在衣櫃裡……她還刻意吊掛在我的衣服那邊，因爲她認爲這是我要買送給其他女人的。」陳奕齊頹然的望著照片，「如果是家慈撕的我一點都不意外，你們不知道她有多歇斯底里……」

「被視線逼到發狂的原因吧！」林詩倪問著老師，「老師，紙條的事你還沒說！」

「啊！對！」陳奕齊立刻看向夏玄允，「昨天家慈說去倒垃圾時，有人塞了紙條在我們門底下，上面寫著『**我正在看著妳**』……這紙條幾乎是引爆點！」

「紙條還在嗎？」兩個可愛少年異口同聲。

陳奕齊一怔，有點爲難，「我那時隨手揉掉了，丟進垃圾桶裡了吧？」

「唉，老師，那個有時可以留下來當證據的，萬一有變態針對你女朋友怎麼辦？」夏玄允顯得有點惋惜。

「我那時沒想這麼多，只想著把偵測器買回來，趕緊確定有沒有針孔……後來大家因為情緒不穩，一點兒小事就大吵特吵了。」陳奕齊低垂著頭，開始陷入自責，「都是我不好！我明知道她恐懼視線，為什麼要把她扔在那裡！」

毛穎德沉吟著，雖然老師很後悔很難過，但說實在的……這個怎麼聽，就像一場單純的情侶吵架兼離家出走？

「老師，你說家裡維持完整，沒有打鬥掙扎痕跡，然後又跟女友大吵一架……我說真的，你有沒有CALL她？她可能真的是負氣離家了。」毛穎德不得不提出疑問。

「可是門閂鍊是上鎖的。」阿杰立刻提出意見，「別忘了老師是請人來開鎖，這像是密室啊！」

「鍊子啊……」他忽略這點了，「這樣說就真的有詭異，老師家在八樓，也不可能爬窗。」

「我去找過警察了，但是還是要失蹤二十四小時才算失蹤……我確定她沒有離家，是因為她沒帶行李走，連手機都沒帶。」陳奕齊從口袋拿出另一個手機，「它放在床頭櫃，最後一通電話就是跟我對話。」

林詩倪焦急的看向夏玄允，「夏天，你不覺得這件事很怪異嗎？有點像是——」

「等等！停一下！」毛穎德搶在夏玄允準備歡呼前打岔，「沒有這麼準的事吧？隨便都遇得到都市傳說？我們應該先冷靜思考其他可能性，再來確定是不是都市傳說。」

鐵櫃後終於走出馮千靜，她顯得有點憂慮，「而且如果是都市傳說，這個傳說還蠻麻煩的吧！」

是啊，郭岳洋看著自己抄寫的筆記：偷窺、視線，他根本一秒就想到答案了。

唯陳奕齊緊張握拳，看著每個學生的臉色，「你們在說哪個都市傳說？我遇上了嗎？爲什麼會這樣!?」

「不急，還不確定。」毛穎德趕緊安撫老師，「老師，你昨天有跟警察說密室的狀況嗎？」

陳奕齊搖搖頭，昨天很慌亂，他一直嚷著杜家慈不見了，警方一知道他們吵架後，就說二十四小時後沒回家再說。

「那就再報一次吧，鎖匠也有用。」毛穎德一邊說，一邊回頭看向馮千靜。

她頷首，這轄區的警察是她爸爸的多年好友，打從她一進大學就負責「關心」她的狀態，不讓她受傷，畢竟身爲格鬥競技者，身體是重要的資產，一旦受傷，就不能比賽了。

話是這樣說了，自從進入這個該死的社團後，她就很常在受傷……因爲都市傳說很煩人！再來就是看看夏玄允跟郭岳洋這兩個萌樣嫩少年，遇到事情哪能解決！還得靠她這位女漢子是吧！

不過，她瞥了毛穎德一眼，現在知道毛穎德深藏不露，原來以前打跆拳的，就是不肯跟她過兩招，眞遺憾。

她轉身再度走到鐵櫃後，跟章叔聯繫一下，看能不能提前關心一下這個案子。

「我們都還要上課，隨時電話聯繫，有空堂就過去幫忙。」毛穎德是看著夏玄允交代，否則依照他們對都市傳說的狂熱，鐵定又要翹課過去了！

陳奕齊只能點頭，他現在已經束手無策，對他而言，女友就像人間蒸發似的。

「就這樣喔？」林詩倪口吻有點失望。

「不然妳希望怎樣？」毛穎德看著她，「妳不要被夏玄允他們傳染好嗎！都市傳說不是什麼好玩的事！」

提起來，他左臂就隱隱作痛，聖誕老人拿走馮千靜的頭髮，帶走他的血，只是流血不是拿針刺這麼簡單，而是自個兒迎向一把削鐵如泥的斧頭，原本只想流點血，誰知道輕輕一擦就是二十幾針。

「我又沒覺得好玩！」林詩倪咬著唇，一臉無辜，「別忘了我們可是遭遇過裂嘴女！」

「是，但是身爲當事者跟旁觀者是有差的，現在超好奇的吧！」毛穎德哪不知道他們幾個人的心態，就算以前害怕，光是郭岳洋每天在社團ＦＢ更新都市傳說，就讓他們心癢癢的了。

郭岳洋跟夏玄允都不敢說話，上次他們因爲親眼見到聖誕老公公太過興奮，結果馮千靜跟毛穎德紛紛受傷後，他們就低調得多。

「不過，老師你說杜家慈是幾點失蹤的啊？」郭岳洋蓋上本子時，突然想起一件事，「你們通電話的時間。」

「凌晨一點十二分。」電話有顯示時間，錯不了。

郭岳洋頓時皺眉，即刻看向夏玄允，漂亮的眼睛快速眨動，啊了一聲，似乎也想到了什麼。

看著他們在演雙簧，陳奕齊顯得更加緊張，頭左右轉了幾次，就是不知道他們在做什麼；毛穎德原本狐疑，但是也瞬間想起那個時間他們在幹嘛。

「ＯＫ了！」鐵櫃後走出馮千靜，她朝毛穎德頷首，「老師，你去報案時找一位章警官。」

根本沒人在聽她說話，氣氛有點僵硬。

「昨天晚上一點……你們家很熱鬧啊！」郭岳洋小心翼翼的說著，「我們還想說你怎麼這麼晚睡？」

「什麼？我們家？你們怎麼知道？」陳奕齊嚇到了，「我那時人在汽車旅館，怎麼會很熱鬧——有別人在？」

「至少有兩個女生吧？」郭岳洋繼續說，「一個一直站在窗邊沒有動，另外一個在靠左邊的窗戶那邊移動。」

陳奕齊跳了起來，「你們怎麼知道!?什麼左邊!?」

「老師，我們住對面啊……」夏玄允趕緊說明，「就對面有一棟藍色的建築，還蠻高的有沒有？我們客廳的窗戶看過去，就剛好可以看見你們那棟，中間都是矮房子，而且老師你們那棟地勢更高些。」

「對面……藍色——啊！」陳奕齊知道那一棟，很貴啊！「你們住在那裡!?

等等，你們看過去的左邊是……我書房！」

誰曉得是他書房，他們只知道看得見人影而已。

「昨天晚上要睡前，我去關窗子放簾子時看見的，平常那時間你早就睡了，昨晚卻沒熄燈，客廳有個女生一直站在那邊，身影很明顯。」郭岳洋描述得詳細，「書房那個女生只有閃過一兩次，但是因爲同時出現，所以我才以爲你家有客人。」

「我可以做證喔，我也有看到！」夏玄允趕緊答腔。

毛穎德沒瞧見，但是他確定他們兩個昨天在那時候遠眺老師家。

「不可能，我家除了我跟家慈之外沒有別人……那時我人在旅館，旅館可以證明……」陳奕齊不可思議的喃喃自語，「家慈帶了誰回來嗎？」

「好了！在這邊猜沒有用！快去警局吧！」馮千靜沒耐性的往門口走，「老師，記得找一位章警官。」

陳奕齊驚愕抬首，看向戴著毛線帽的女孩指著他交代，接著撇過頭就邊開門離開。

「我第六堂後空，我會過去。」毛穎德說著，勾勾手指著室友們，「不要亂翹課啊你們！」

郭岳洋跟夏玄允劃上笑容，擺明了就是想翹課嘛。

「警方在辦案時我們也進不去，先去也沒用。」林詩倪也起了身，「老師，你加油喔！」

陳奕齊點點頭，「那我先走了，我得先去報警。」

沒有多語，陳奕齊便急著離開。

看得出他的慌張與痛苦，臉上更是憂心不已。望著他的離開，毛穎德翹了這堂，沒打算翹另外一堂課，準備要閃人了。

「喂，你們覺得呢？」阿杰冒出這麼一句，「是不是都市傳說啊？」

「很像啊，屋子裡的視線，好像還有另一個人……」夏玄允難得沒有立刻斬釘截鐵的興奮，「不過很多事還不清楚，就像毛毛說的，搞不好只是妄想症加吵架。」

「如果……」林詩倪謹慎的瞄著大家，「是的話，就是那、個……」

郭岳洋泛出淡淡的微笑，眼底難掩興奮的光芒，看向一臉閃耀的夏玄允，這是種極爲矛盾的心態，他們不希望認識的人出事，但是又超想遇到都市傳說的喔！

尤其上一次親自看見、還摸到都市傳說的聖誕老公公後，現在多想每一個都能近身接觸呢！

「隙間女！」

第五章 遺落的飾品

警方抵達陳奕齊的家進行調查與蒐證，所幸陳奕齊昨晚回來後，沒有碰觸任何東西，他盡可能保持家裡的完整度，就是爲了方便警方查案；鎖匠的證詞也列入，他說鍊子的確是由內門起的，這是無法從外面裝上，他也費了番工夫剪斷。

也就是說，屋子裡應該要有人。

章警官站在外頭，他只覺得頭痛，基本上扯到馮千靜……不，那個「都市傳說社」，他就有非常不好的預感。

門外拉起封鎖線，想看熱鬧的樓下鄰居們只能被圍在外面，陳奕齊人也在門口附近待命。

「老師！」林詩倪跟阿杰一下課就跑來了，尤有甚者，身後還跟著一大票學生。

陳奕齊見狀驚訝不已，「你們怎麼帶這麼多人來？」

「大家想幫你加油打氣啊！」林詩倪兩手一攤，「我沒揪喔，他們知道後就說要過來。」

唉，陳奕齊嘆了口氣，平常跟學生感情是很好，但是現在這種事實在不好讓學生介入，警方正在調查，外頭公共區域也沒多大，大家只是來亂而已。

「好了！別這樣！」他揚聲，「謝謝大家關心，大家先回去吧，現在還在調查中，你們人這麼多會妨礙鄰居進出的。」

「老師！你沒事吧？」阿德高喊著，「有什麼事我們可以幫你的？」

「我自己可以處理啦！你們有這份心意就好了。」陳奕齊催促著大家，「快走快走，這麼吵，等等我鄰居會不爽。」

這當然是藉口，一個飛出去了、另一個只怕還沒回來……如果有鄰居在的話，說不定還有機會知道家慈怎麼了。

「好了！老師都發話了。」阿杰轉身推著大家。

謝妮潔站在人群中，看著陳奕齊很是擔心，但是她近不了身就被其他同學又給擠了出去。

「……」陳奕齊看見了她，突然想起了身上的髮夾，「謝……」

等等，這時候跟謝妮潔太過接近好像不太好，陳奕齊看向林詩倪，或許請學生轉交比較好！

「陳老師！」屋子裡傳來聲音，「請問這是什麼？」

「咦？」陳奕齊聽見叫喚，轉身要進屋。

沒有五分鐘，夏玄允跟郭岳洋陸續抵達，最後從電梯裡出來的，是馮千靜與毛穎德。

「這麼多人？」馮千靜緊皺著眉，看著八樓擠得滿滿的人。

這裡每層樓的空間是不小啦，但這些都是來看熱鬧的吧！好不容易擠到前面去，封鎖線卡在那兒，他們也不能再往前。

「我也不知道這是哪裡來的，我女友說是從我衣服上找到的，但那根本不是我的！而且還這麼大包。」陳奕齊的聲音從裡面傳出，「我有點懷疑她會不會……是偷的！」

「偷的？」警方很詫異這樣的推論，「你認為你女友有竊盜嫌疑？」

「我……我是猜的，因為……啊！」陳奕齊開始摸著全身上下，從口袋的皮夾裡，拿出一根粉紅鑽的愛心髮夾，「我在裡面找到這個，這是我學生的！」

「這個我們得當作證物！」警方立刻打開證物袋，讓陳奕齊親自放進去，「你從這包飾品裡拿的嗎？」

「是！我學生兩個星期前到我家來玩，後來就問我她髮夾不見的事，結果我卻在這包飾品裡找到。」陳奕齊有些為難，「據我學生說，是放在外面那間浴室鏡子前，沒有幾分鐘就消失，所以我會懷疑……」

「嗯……」警方沉吟著，「女學生嗎？單獨到妳家？」

噢噢噢，這個問話有點越界了，林詩倪趕緊出聲，「我們一大票人來的！我也有在！」

警方看向林詩倪，「學生？」

陳奕齊點頭，他知道剛剛警方想到哪邊去，非常慶幸林詩倪在場。

鑑識小組打開夾鏈袋，拿出裡面的飾物，一個個問陳奕齊，他眞的都沒看過？陳奕齊肯定的搖頭，也說了杜家慈不喜飾品，他連買都不會買。

鑑識人員的手上，拿著一枚熟悉的戒指，林詩倪雙眼一亮，是那天的戒指！

「那個——」她的手橫過封鎖線指著，「我看過那枚戒指。」

同一時間，毛穎德身邊有個男人居然激動趨前，「啊……」的一聲，往前擠了數步。

提到鑽戒，大家都看過嗎？

「妳看過？」這件事連陳奕齊都不知道！

「就是那天到老師家時，在衣櫃外頭撿到的！我不是有跟杜小姐到房間嗎，她給我看她的紙黏土作品時，聽見有東西掉落的聲音，我們打開衣櫃後，在下面撿到這枚戒指！」林詩倪說得流暢，還不忘偷瞥陳奕齊一眼，「我們以爲是……老師要求婚用的，杜小姐還叫我保密！」

警方不約而同看向陳奕齊，他倒抽一口氣。

「不是我！我、我還沒有要求婚！家慈跟我說她暫時不想結婚！」他定神瞧著那枚戒指，「而且這有一克拉吧？我根本買不起啊！」

「所以，這枚戒指兩個星期前就撿到了？」章警官適時出聲，「陳老師，你也才搬過來兩個多星期啊！」

唉，陳奕齊虛脫的點點頭，「我不知道這是妳們撿到的，衣櫃裡？」

「是外面，杜小姐覺得是滾出來的，後來她把戒指擺進一件運動外套的口袋裡。」林詩倪小心翼翼的回應著，「你不知道？」

陳奕齊再度用力否認搖頭，「我昨天晚上第一次看見它，家慈拿著一整包夾鏈袋的飾品質問我，這些是哪裡來的，是不是我買給別的女人的！」

章警官越聽越玄，低聲交代鑑識小組回去好好檢驗每個飾品。

孰料，毛穎德身邊的人突然緊張的喊著借過，不等人移動就把毛穎德往旁推，慌張急躁的往前擠去。

「等一下——等等！」半長髮的男子滿臉鬍渣，激動的大吼，「請讓我看一下那枚戒指！」

這讓現場氣氛變得詭異，所有人不約而同的回頭看向男子，而他身後還有另一個嬌小女人，也是踉踉蹌蹌的跟著他身後往前，對不起對不起的唸著。

一路擠到阿杰身邊，總算逼近門口。

「可以讓我看一下嗎？」他望著警察的眼裡充滿渴望，「我不碰，就讓我看一眼……」

鑑識人員蹙眉，轉頭看向章警官，得到首肯後，將那枚戒指放在掌心，卻刻意與鬍渣男拉遠了距離，避免被拿走證物。

「……」一瞬間，男子的眼淚迸出眼眶，咬住了自己的食指關節，「裡面……戒指裡面有沒有刻著：Peter & Susana？」

這句話石破天驚，讓警察趕緊拿起來對照，在強力手電筒的輔助下，看著戒指內圍的的確確刻著男子所說的字。

章警官眉頭深鎖，不可思議的看向男子，「你是誰？陳老師，認識的嗎？」

「我不……不認識啊！」陳奕齊根本莫名其妙，「警官，戒指裡面眞的有刻字嗎？」

章警官點了點頭。

「天哪……天——」男子忽然哭了起來，一旁的女人望著警方手裡那包夾鏈袋，眼淚也緩緩流下。

「手鍊……那個手鍊也是她的！」她哽咽出聲，「我妹妹、那是我妹妹的東西！戒指是她的結婚戒、手鍊是我送她的生日禮！」

咦！毛穎德挑了挑眉，這案件進展好快啊！老師口中疑似杜家慈偷竊的物品，主人這麼快就找到了啊！

「妳妹妹是誰？」章警官趕緊問著，「她的東西是被偷的嗎？」

女子搖了搖頭，又一個泣不成聲。

「那是我……我的求婚戒指，手鍊跟戒指都是她不可能離身的；但是一年前，它們都跟著我未婚妻一起消失了。」

消失，這兩個字無疑給了陳奕齊一個強力的打擊。

「一年前，我妹妹就住在這裡！」女人哭喊出聲，「有一天就突然失蹤了！」

就像前夜凌晨，陳奕齊腦子裡突然響起女友的慘叫聲一樣——消失了。

事情意外戲劇性的發展，在杜家慈失蹤的隔天，現場跑來一對男女，自稱是一個叫「陳芷萱」女孩的男友與姊姊，他們是聽說這裡又被租出去，所以過來看看。

由於是外縣市的人，所以也是好不容易共同騰出個時間一道兒過來。

誰知道甫到達就看見樓下警車，心生不妙的上樓查看，聽著鄰居說似乎是什麼老師的女友失蹤，然後就看見了那枚戒指。

「我花了幾十萬買的戒指，在我們認識的地方求婚，她還興奮的哭了。」男子叫江冠寧，「接著我們安排婚禮、安排蜜月，但是婚都還沒結，她就不見了。」

咖啡廳一角，氣氛異常沉重。

由於屋子警方還在調查，暫時不能進陳奕齊的家，而警方也對這對陌生男女紀錄了證詞，留下聯繫資料，有事得隨時請他們配合調查。

而趁著空檔，他們只得暫時移到附近的咖啡廳。

「失蹤多久了？」郭岳洋再度拿出本子在紀錄。

「快一年了……」江冠寧默默的說著，「十一個月又三天。」

哇，馮千靜暗自驚訝，記得這樣清楚，表示未婚妻的失蹤，讓他痛徹心扉吧！

「我妹妹不會這樣不告而別的，她沒有帶走任何東西！錢、提款卡、手機……什麼都沒有！屋子裡也好好的，完全沒有打鬥痕跡。」姊姊從發現飾物後一直是哽咽狀態，「我們在那裡等了又等，就是完全沒有她的音訊。」

「大家都說她已可能出事了，人不可能這樣人間蒸發……也有人說她是跟別人走了；但是樓下攝影機並沒有拍到她的身影。」江冠寧彎著背，雙手擱在膝上，十指交握，「連八樓樓上的攝影機也沒拍到她，她那天進屋後，根本沒有再離開。」

「但是人卻消失了。」毛穎德懂他的意思，「那包飾品裡，還有什麼是她的嗎？」

「戒指、手鍊、耳環。」姊姊立即抬首看向毛穎德，「芷萱很愛美，那些都是她平常會戴的東西……手鍊是我五年前送她的生日禮物，她非常喜歡，沒有拿下來過！」

「爲什麼會出現在老師家？」夏玄允好奇的轉過去看著臉色慘白的陳奕齊，「在衣服裡？」

「我說過我沒有！」陳奕齊痛苦的喊著，他已經察覺到這對男女的出現，快要把他變成某種嫌疑殺人犯了！

消失女孩身上的物品在他家，這跳進黃河都洗不清啊！

「老師，你事前知道那間房子有人失蹤過嗎？」林詩倪好奇的問。

「不知道！我完全不知道！」提到這點陳奕齊就有氣，「房東完全沒跟我說，我今天打了電話居然沒人接，警察說他們全家去大陸玩了！」

「失蹤就不算凶宅吧！所以房東沒有告知的義務。」馮千靜聳了聳肩，「我比較好奇的是，如果那包裡面只有幾樣是陳芷萱的，那剩下的呢？」

——咦？——所有人紛紛朝著坐在旁邊的馮千靜看去，這個問題問得眞好，大家連試著考慮都覺得恐懼。

「江先生，我眞的、眞的不認識你未婚妻！」陳奕齊現在只急著澄清自己，「我一直以爲那些東西是我女友偷的，但是現在我的情況還跟你未婚妻失蹤時一模一……等等，等一下……你未婚妻失蹤時，房間是反鎖嗎？」

江冠寧皺眉，立刻否認，「沒有，我跟她約好去挑喜餅，但是她沒有出現，打電話也沒接，所以我便直接上樓找她，我有備份鑰匙，是開門進去的。」

「我是密室狀況，我女友一直覺得屋子裡有人在看她，所以我只要不在，她就會把門鍊門上。」陳奕齊誠懇的看著他，「所以一年前，警察是不是很快受理她失蹤的事件？」

姊姊點頭如搗蒜，「警方自始至終都認爲我妹是逃婚，或是跟別的人跑了，因爲沒有證據證明誰帶走她或是綁走她……而且……」

話及此，她聲音微弱了很多。

「而且？」夏玄允試探性的問著。

「而且她的鑰匙不見了，整串住家鑰匙都不見，這就是最大的麻煩。」江冠寧嘆了口氣，端起桌上的咖啡就喝，「這就是警方不認爲她出事的主因。」

「那你爲什麼確認她出事？」郭岳洋驀地提問，「你這麼肯定她沒有另一個男人？」

哇！這問題好直接喔！馮千靜跟毛穎德悄悄瞥向蹲在桌邊寫字的郭岳洋，瞧他認眞專注的模樣，說話就算溫和，但都沒在管人家心情的！

「我知道她沒有。」江冠寧意外的堅定，「她不是那樣的女孩子，也不會搞什麼不告而別的事，至少——該告訴她。」

他看向一旁抽抽噎噎的姊姊，看得出來她們姊妹感情很好。

「就算有什麼困難，也不該用這種方式！」姊姊咬著唇，「而且只帶一串鑰匙走，不是太奇怪了嗎？」

「奇怪的事可多了，她身上的飾品爲什麼會在老師家……噢，老師，我絕對不是說你是變態殺人狂喔！」夏玄允趕緊跟陳奕齊解釋。

你已經說完了啊……馮千靜忍著笑，瞧陳奕齊那臉色陣青陣白。

「我們應該要先知道之前還有多少人失蹤，那些飾品可是一整包咧。」毛穎德提出了意見，「還有，老師前一天發生的狀況，也要重新用別的角度思考。」

郭岳洋立刻頷首，在紀錄本上寫著要點。

「那……江先生。」阿杰終於找到了空隙，「你當初有跟陳芷萱住在一起嗎？」

江冠寧搖了搖頭，「偶爾我會住在她那邊，但我們還是有各自的家與生活。」

「她有跟你提過，什麼不尋常的地方嗎？」阿杰婉轉的說，「例如覺得有人在看她？監視她之類的？」

江冠寧瞬間皺起眉，立刻看向陳奕齊，「這什麼意思？你女友的情況嗎？」

陳奕齊沉重的點點頭，「她一直覺得自己被監視、被偷窺，我還買了反針孔攝影機的偵測器材來檢查。」

「她有跟我提過類似的事情，但我沒放在心上。」江冠寧有些懊悔，「但是她只問我有沒有覺得被人盯著，沒有很執著或瘋狂的狀況……那你偵測後呢？」

陳奕齊搖搖頭，「什麼都沒檢查出來，每一片牆我都摸了，根本沒有可以裝針孔的地方。」

江冠寧身邊的姊姊卻在這時沉默了，她眼神飄搖著，手不停互絞，眉頭微蹙，像是在遙想什麼事情。

就在她身邊的毛穎德把這一切盡收眼底，笑著出聲，「姊姊想到什麼嗎？」

「咦？」姊姊被他突如其來的叫喚聲嚇了一跳，顯得有些恍惚，「不……我只是……只是想到一件事。」

「什麼!?」江冠寧再度驚訝，有他不知道的事!?

「就是在芷萱出事前，她好像有跟我提過覺得被人盯上。」姊姊笑得有點勉強，「你知道就是在傳LINE時說的，她說她在房間，卻覺得外面好像有人在走動之類的。」

「我怎麼不知道這件事？」江冠寧突然激動起來，「她沒提過啊！」

「她一直覺得自己是錯覺啊，認爲自己是婚前壓力太大，因爲她有出去客廳查看並沒有人，但是會看到東西被弄倒，或是垃圾桶倒翻。」姊姊一一回想著，「但她總覺得是自己粗心，而且因爲睡不好導致記憶不好，忘東忘西。」

「她睡不好？爲什麼？」陳奕齊聽到相同的關鍵字，「因爲覺得有別人在嗎？」

姊姊點了頭，江冠寧顯得相當痛苦，尤其在未婚妻失蹤一年後才知道當初未婚妻爲此所苦。

「兩個女人都這麼覺得，我想應該不是錯覺了吧！」夏玄允的聲音有點飛揚，隔壁的郭岳洋默默的用手肘撞他一下。

現在笑出來的話，會被揍喔！江冠寧漢草看起來很好。

「別忘了還得先確定前幾任租屋者的狀況！」毛穎德謹慎提醒，「不要太快下定論。」

「但事實上八九不離十吧！光是杜家慈的密室失蹤，就有非常値得探討的空間了。」林詩倪轉著眼珠子，「不說別的，連我跟阿杰都覺得有人在偷看呢！」

「偷看……說到偷看，我拍下來了。」陳奕齊忙不迭拿出手機，「我昨天揉掉的紙條還在，剛剛警方收集前我拍照了。」

江冠寧積極的靠近，看著那揉爛的紙條上面的字，臉色更加凝重。

「你女友不是錯覺！這張紙條已經證實了一切，你怎麼還認爲她是神經過敏？」江冠寧不滿的看向陳奕齊，「還把她一個人扔在家裡？」

「我已經很後悔了！因爲她這兩個星期總是這樣煩我，我的情緒也需要出口啊！再加上偵測結果是沒有針孔，那自然就是她的妄想了！」陳奕齊扶著額，眞的非常後悔，「那晚發生很多事，我掛在浴室的浴巾被她拿去當抹布，卻又否認到底，接著她誣指我要買給她的洋裝是要送給別的女人，還抓著我指責冰箱物品位置錯放，但根本沒有，擺明找碴！」

手機傳遞著，林詩倪乾脆用照片LINE傳到自己手機，再轉給大家。

每個人拿著手機看紙條上的字，林詩倪忽然皺起眉，她……好像認得這個字？

不會吧……

「那件洋裝是被撕爛的那件嗎？」姊姊有看見證物，「她這麼生氣啊？」

「我也不知道……她一直都在生氣，被偷窺是一回事，可是也一直刻意找我麻煩！」陳奕齊抱頭嘆息，「妳說，拿了我浴巾去當抹布擦地，還說她沒拿，屋子裡才幾個人，難道會有別人嗎？」

這瞬間，在場八個人都凍住了。

屋子裡難道還有別人嗎？陳芷萱說過，她感覺還有別人在家。

連陳奕齊都咀嚼自己剛剛的話語，緩緩的看著對面的江冠寧及姊姊，不會吧，難道是……

「好了！事不宜遲！」夏玄允忽然活躍起來，「老師，警方有說你什麼時候可以回屋子嗎？」

「……呃，採證完後就可以。」畢竟不是凶殺案。

「那好，老師你家裡鑰匙能不能把備份的給我們？」他露出陽光般開朗的神情，朝著陳奕齊伸出手。

不會吧？毛穎德跟馮千靜已經站起來了，夏天想幹嘛!?

「不是不行……但是你們要做什麼？」陳奕齊摸不著頭緒。

只見夏玄允泛起微笑，右手下垂，在蹲著的郭岳洋面邊彈指。

「隙間女。」郭岳洋爬回椅子，正襟危坐的開始報告，「這是一種都市傳說，居家型的都市傳說，無所不在。」

他說得字字鏗鏘，但是江冠寧、姊姊或是陳奕齊聽得是句句驚愕。

「我們認爲這個跟隙間女非常有關係，都市傳說社，會爲老師試著找出解決之道的！」夏玄允在那邊跟人家拍胸脯保證，馮千靜起身向後大退一步，誰是「都市傳說社」誰倒楣啊！

「什麼都市傳說的，眞的有這種事嗎？」姊姊不可思議，「你認爲芷萱被鬼抓去了？」

「錯！都市傳說跟鬼沒有關係喔！」郭岳洋瞇起眼，可愛的酒窩浮於臉上，「都市傳說類似以前的鄉野怪談，沒有起源、沒有原因，都市傳說隨時都會出現在我們身邊，像隙間女，一開始就是躲在家裡櫃子與牆壁間縫隙的女子，一直盯著人瞧，只要有住家，她就有可能存在。」

姊姊瞬間一顫身子，雞皮疙瘩都竄起了，不安的雙手抱住雙臂，「你們在說什麼……爲什麼會知道這種事!?」

「因爲——」夏玄允愉快的跳起來，比劃著很愚蠢的姿勢，「我們是『都市傳說收集者』啊！」

他跟郭岳洋擺出像日本戰隊的姿勢，咖啡廳角落的愚蠢值瞬間升到最高，連其他客人都痴痴張望，櫃台店員的咖啡都快倒溢出杯子了……

「咳！」陳奕齊清了清喉嚨，嗚，爲什麼夏天要把自己弄得好不可靠喔！

「我們是『都市傳說社』的成員，對都市傳說非常熱愛，也有研究，而且我們也親身遇過很多喔！」夏玄允活像推銷員，「我們遇過會跟你玩捉迷藏的娃娃，山路上的紅衣小女孩，啊，講個你們一定熟的，裂嘴女我都見過呢！」

對於江冠寧跟姊姊而言，簡直是看幾個學生在說笑話。

「我是紅衣小女孩事件的受害者之一。」林詩倪立刻站台，「那時也有同學死亡，我是幸運活下來的那個。」

這句話有讓江冠寧動搖了。

「耶誕節時我們學校死了學生、也有人重傷，現在還查得到新聞，凶手是個裝扮成聖誕老人的人。」阿杰低沉的說著，「但事實上，那個聖誕老人就是都市傳說，我們有兩個社員也差點死掉。」

不要指過來！馮千靜來不及開口，阿杰的指頭已經指過來了。

「過程我們在臉書上都有寫，你們可以上去看——但是現在已經不是跟你們說故事的時候了。」夏玄允雙眼熠熠有光，毛穎德向身體後伸出手，直覺想離開咖啡廳。

後頭馮千靜毫不猶豫的搭握上，他們立刻就想往店外走去！

「所以，」郭岳洋滿懷信心的說著，「讓我們去住老師家吧！就知道！

第六章 挑釁

「我才不要！」

馮千靜重重把馬克杯放在餐桌上，瞪著眼前的兩個男孩，「你們是傻了嗎？如果那裡面真的是隙間女，還要去住？」

他們四個人合住的公寓，這會兒坐在餐桌上討論，兩兩分坐對面，夏玄允與郭岳洋難掩興奮之情，雙眼眨巴眨巴的看著她。

「他們就是知道裡面有隙間女，才想去住。」坐在左邊的毛穎德懶洋洋的說明，「眼睛多亮妳沒看見？」

「你們眞的有病！」馮千靜不爽的唸著，「我們一直碰到都市傳說已經很衰了，現在明明不是我們沾上的你們還想碰？」

「可是老師有難啊！」夏玄允說得好大愛，「妳沒看他那副憔悴模樣，而且因爲陳芷萱的關係，他已經被列爲嫌疑犯了呢！」

「而且這次是老師親自委託我們都市傳說社協助幫忙喔！」郭岳洋打開社團紀錄本，裡面有張草約，「我還在研擬簡單契約，老師說只要能幫他找到女友的下落，解開他的嫌疑，他會付我們費用呢！」

「敢情我們現在還專業到可以開張了啊？」毛穎德整張臉就寫著無力兩個字，「收了錢就得做到好，你們知道嗎？」

夏玄允笑開了顏，「沒收錢我們也會做啦！」

嘖！馮千靜皺起眉，不客氣的從桌下狠踢了對面的夏玄允一腳，他唉呀的即刻跳起，膝蓋又撞上桌子，開始抱著右腿在旁邊跳呀跳的。

郭岳洋擔憂的望著他，夏天眞是的，明知道小靜不喜歡都市傳說嘛！

每次遇到都在驚險中度過，又是受傷又是擔心受怕的，只有夏天這種對都市傳說有狂熱的人才會不在乎……嗯？他？嘿，他也不知道，以前只是喜歡，但自從眞的遇到後——簡直愛慘了！

「所以收錢比較好吧？我們可以增加社團收入啊！」身爲總務總管美術公關兼工友的郭岳洋，總是能精打細算，「我想要爲社團採買一台相機，這樣可以紀錄每一次遇到都市傳說的情況……」

夏玄允聞言立刻衝回來，拍擊桌子，「還可以自拍！」

「對！」郭岳洋激動的看向他，夏天果然瞭解他的明白，「上一次沒有跟聖誕老人合照自拍，眞的是太太太可惜了！」

上、一、次？馮千靜忍不住挑了眉，現在的她，有著耳下的短髮，俏麗的面容，由於這間屋子裡的人早知她的眞面目，所以她不需任何僞裝。

當初被鐵粉郭岳洋認出，夏玄允還以曝露她的眞實身分爲要脅，要她一起同住的！一層樓四間房，各人有獨立空間，雖說三男一女，但她是沒在擔心這幾個傢伙。

「別提聖誕老人了，一提就覺得我的手很痛！」毛穎德撫著左肩頭，想到沒被卸下手臂眞是幸運。

而夏玄允他們兩個開心得跟什麼似的，回來一直在喊沒跟聖誕老人合照！

「還在痛？」馮千靜立刻轉過去，撫上他的肩頭，「都兩個月了，還沒好？」

「不知道是不是錯覺吧？覺得沒全好的感覺！」他有點無奈，「也可能是心理因素。」

夏玄允郭岳洋對看一眼，他們都覺得，對面兩個人的氛圍越來越不一樣了。

「你們！」馮千靜冷不防一拍桌子，指向他們兩人，「現在是準備帶相機去跟隙間女自拍嗎？」

「噢噢噢！」夏玄允雙眼迸出光芒，「如果、如果她願意的話……」

「你們眞的病得很重！」馮千靜不耐煩的拉起自己耳下的頭髮，「我跟毛穎德還不夠你們怕的嗎？幸好我被割走的是頭髮，那聖誕老人本來是要我的頭耶！」

郭岳洋看見那短髮，又開始心疼，「小靜不該受傷的，唉。」

「他們兩個就是沒受傷，才不知道痛。」毛穎德中肯的說著，「爲什麼你們兩個找事做，卻是我們兩個在受傷？」

夏玄允居然劃滿笑容，「巧合吧！」

巧——馮千靜二話不說，起身立刻到對面去拉過夏玄允的衣領向後拖，直接就在餐桌與廚房間的空地上，以固定技把夏玄允壓制在地上，鎖住他的四肢。

「哇啊啊——沒有暖身啊！小靜——呀！馮同學！」

「巧合？有本事再說一次！」

「我是說、說都市傳說太不應該了，每次都傷害你們……」

毛穎德無奈的看著前方地板上的不平等競技，正首看著郭岳洋，「無論如何你們都會去住對吧？」

男孩圓著大眼，可愛無辜的眨了眨，「我們想說……」

「不必說，藉口再多都一樣。」他嘆口氣，「我又不放心你們去，只好去一趟——說好，我如果不想住，不能勉強我！」

「我們本來就不會勉強你們啊！」郭岳洋說得天眞爛漫，毛穎德突然有股無名火。

是啊，打從一開始夏天跟郭岳洋就從未勉強過他或馮千靜，都是他們活該白痴自願去幫忙的，因爲這兩個人根本沒有獨自面對危險的能力啊！唉，他上輩子應該作惡多端，而且對夏玄允跟郭岳洋非常殘忍，所以這輩子是還債來的。

制裁完畢，馮千靜從容的走回來，夏天還趴在地上哀號，痛到根本起不來。

「我不去。」她彷彿知道他們剛剛在討論什麼，端起桌上的馬克杯喝著。

「去看不住呢？」毛穎德還在跟她打商量，「只是看一下感覺。」

「感覺？你去感覺不就好了！」她話到一半，突然驚覺自己說錯話了。

幸好正背對著郭岳洋他們，否則差點就漏陷了！

因爲，毛穎德有一點點的特殊體質。之所以說一點點，就是直覺強一點罷了，不到陰陽眼的地步，也不是那種動不動看得見阿飄的體質；但是緊要關頭時，他可以感受得到不祥。

而且他還具有特異功能，很鳥的特異功能：肉咖言靈。

擁有言靈明明是件令人羨慕驚奇的事，但是如果擁有的是「二十四小時只能發功一次，還只能用在生活瑣事上」的言靈，就沒什麼用了。

連賭博搶銀行這種事都做不到的言靈，用處實在不大。

不過再沒用，這肉咖言靈卻救了她好幾次。

「爲什麼毛毛可以感應得到？」夏玄允吃力的爬起來，走路活像傷殘人士。

糟！背對著他們的馮千靜轉轉眼珠子，要是讓對於玄異之事狂熱的夏玄允知道，總角之交毛穎德具有特殊體質，那毛穎德絕對沒有好日子過了！

「誰都可以感應到吧！」她回首，「我意思是說沒必要這麼多人。」

夏玄允痛苦的坐回餐桌，可憐兮兮的偷瞄著馮千靜，有夠凶的，嗚嗚，每次都被小靜折來折去，但是從來沒有辦法反制她。

「那我們要住幾天啊？」郭岳洋開始討論起來，「如果真的是隙間女的話……那她帶走其他人是為了什麼？」

雖說房東伯不在，但是已經從警方那麼發現，那間房間失蹤的人，可不只杜家慈或是陳芷萱區區兩位而已；在陳芷萱搬進去前幾年，也有個女性失蹤，最扯的是她老公還在家，原本被認為是凶手，但最後因證據不足而釋放。

每一個案子，都是失蹤處理，因為沒有其他人存在的跡證、沒有打鬥、沒有掙扎，就像那個女人走出家門一樣；尤其攝影機是去年陳芷萱失蹤前，房東伯才裝設，所以之前的案子更像是離家出走。

「而且帶走的還都女生！」夏玄允皺起眉，「該不會是隙間女接力賽吧？」

所有人不約而同朝他白眼，這種猜測他也說得出口？

「因為住的幾乎都是女房客，而且先感應到的也是女生。」資訊當然是從馮千靜認識的章叔那邊來的，「奇怪，男生真的比較遲頓厚？」

「喂，什麼遲頓，我們比較不會去注意那個吧！」毛穎德只能這樣解釋，「而且一旦有人出事後，另一個也不可能繼續住在那邊，隙間女想再帶誰走都來不及。」

「對啊，而且別忘了原始的都市傳說中，獨居的是位男士喔！」夏玄允挑著眉，「他感覺到有人痴痴的望著他，才去尋找到底是誰在看他，有點瘋狂、有點歇斯底里，最後在櫃子與牆的中間找到了躲在那裡的隙間女。」

「然後呢？」馮千靜比較關心這個然後。

「沒有然後耶。」夏玄允對都市傳說知之甚詳，「對啊，都市傳說就只寫到這裡，原來你家藏有另一個人在偷看你；不過有另一個比較複雜，是發現隙間女後卻被帶走，也就沒有再出來過。」

馮千靜沉吟著，「跟『樓下的男人』一樣。」

是啊，大家看向馮千靜，之前有個跟蹤夜歸女子的男人，守在女生家樓下，最後甚至帶走，只因爲「他喜歡那些女孩」；馮千靜也刻意被帶走過，才知道那兒像另一個平行空間，被帶走的女孩都不可能回到原本的世界。

「都市傳說原本就是個沒有起源的傳說，根本找不到根。」毛穎德正在盤算著，「其實我在想，不管是老師的女友，或是前一任房客，只怕都……」

夏玄允輕嘆口氣，「如果是隙間女的話，遠的不說，近的老師女友，說不定還有救，所以我才想越快越好，明天我們就住進去。」

想救杜家慈嗎？馮千靜略撇頭。

「老師說警方已經撤離了，所以他可以回去，而且他向學校請了一個月的假，畢竟現在他是陳芷萱案子的嫌疑犯。」郭岳洋爲老師抱屈，「那包飾品裡還有別人的東西，就等調查。」

「老師回去住了嗎？」毛穎德好奇的問。

「嗯，老師回去了，而且他還沒打算去住旅館耶！」夏玄允又呈現一種欽佩的模樣，「眞的是眞愛啊！」

哇塞，果然有勇氣，明知道屋子裡可能有隙間女，這樣睡得著嗎？

「不過，你們不覺得奇怪嗎？」馮千靜轉身，優雅的一屁股又坐了下來，「從頭到尾，感受到視線的都只有杜家慈，老師根本沒感覺？」

「老師也不是全然無感，但他說不明顯。」毛穎德食指點點桌面，「洋洋，紀錄到這部分嗎？」

「有！老師說他其實幾乎沒有感覺到，只是當杜家慈提及時，他會覺得好像有那麼回事。」郭岳洋翻著自己前兩天抄寫的紀錄，「但我覺得那只是心理作用，老師只是應和杜家慈所言。」

「我知道小靜想說什麼，爲什麼只有杜家慈有感覺？」夏玄允立刻接口，「就像江先生一樣，他在那間屋子裡待過，也沒感覺有另一個人存在，但是陳芷萱就覺得有。」

「男女差別嗎？」馮千靜皺眉，「馬的又是女生太不公平了吧！」

「沒有吧？阿杰不是說也感覺到了！」郭岳洋連忙補充，「別忘了第一天阿杰跟林詩倪他們就都覺得不舒服。」

是啊，好歹有個男生做證，所以這是敏感高低的問題嗎？

「隙間女原本是爲了什麼存在的？」毛穎德好奇的問著，「塞在櫃跟牆中間，是爲了什麼？」

「沒有爲什麼啊！」夏玄允聳肩，「因爲她就是隙間女，所以她存在。」

「都市傳說的存在是沒有緣由的！」郭岳洋扳手指，「沒有原因、沒有源頭、沒有解釋，不必想爲什麼了！」

馮千靜猛然一擊掌，「既然如此，你們想怎麼做？」

兩個男孩開心的笑瞇了眼，異口同聲：「找到隙間女囉！」

靠，要自拍當社團封面嗎？

隔天星期五，大家課不多，下午時分，郭岳洋跟夏天拎著零食，活像要去遠足郊遊的小孩，興奮莫名的來到了陳奕齊家。

身後跟著臉色絕對很差的馮千靜與毛穎德。

「哇！不錯耶！」這是夏玄允第一次進老師家，「空間很大，而且老師東西又不多。」

郭岳洋直接站到客廳沙發後的窗子往外指著，「看！可以看見我們家！」

陳奕齊微笑的走過去，他看起來其實相當疲憊。

而毛穎德只是站在玄關，臉色就有點蒼白，馮千靜站在客廳中央，面對著廚房門口，雙拳緊握著，果然是個令人非常不愉快的地方啊！

緩緩把頭轉向左邊，銳利的雙眼瞪向櫃子，有本事再凶狠一點啊，這樣的視線嚇不了她的。

大方往前走去，站在廚房門口往裡眺，光線從後陽台那兒照進來，相當明亮；再往左手邊看，見著了臥房門口的大衣櫃，忍不住哇了一聲。

「這跟客廳的櫃子連在一起的嗎？」她轉向客廳的櫃子，「看起來很像耶！」

「啊？是，它們是個九十度，我們有部分以櫃子當牆，所以省去不少空間！」陳奕齊聞言走了過來。

馮千靜微笑著，冷不防的唰一口氣拉開置物櫃，力道之大，讓陳奕齊差點擔心他的櫃子軸會斷掉。

沙啦啦……毛穎德看著馮千靜的腳下，有一大堆黑色的小石子從櫃子裡流下來了。黑色細小結晶石，宛如黑曜石般發亮，那幾乎只有毛穎德才看得見的東西，而每次只要遇上都市傳說，他就能看見這個。

「輕一點啊小姐！」陳奕齊忙不迭走上前，「妳開櫃子都這麼粗魯嗎？」

「就是要快啊！」她冷笑一聲，「不過還不夠快就是了……」

嗯？夏玄允回首，推了郭岳洋一把，聽見了嗎？小靜剛剛說了什麼？

「嗄？」陳奕齊沒聽懂，錯愕的望著她。

「我可以參觀臥房嗎？」馮千靜顧左右而言他，指向臥室。

「可以，你們既然要住在這裡，可以盡情參觀。」陳奕齊話語間帶著難受，「夏天，與臥室相對的是我書房，你們也可以用。」

夏玄允立刻轉向右邊的書房步入，而郭岳洋則好奇的打開在書房與客廳角落的洗手間。

「哇，分離式的耶！」郭岳洋驚奇的指著外面的衛浴。

浴室看似一體，但其實馬桶另有一間獨立的窄房，外頭才是淋浴跟洗手台，這樣子的規劃倒不錯，可以不必因爲有人在廁所而無法洗澡；不過話說回來，老師他們才兩個人住，這功能就顯得沒那必要了。

「租來就這樣了，也是方便。」陳奕齊笑笑，「我可以蹲馬桶滑手機，家慈要洗手的話……」

提到杜家慈，陳奕齊話又梗住了，已經第三天了，杜家慈依然杳無音訊。

毛穎德謹愼的往臥室走去，馮千靜太安靜了，讓他有點擔憂，他趕緊步入，她就站在對著門口對著立鏡，像是在照鏡子。

「怎樣？」他還沒開口，馮千靜回頭就問。

毛穎德搖搖頭，「很糟！」

低首看著這木質地板上，根本處處都是黑色的碎石子。

馮千靜突然伸長右手，用指尖緩緩推開了衣櫃。唰沙沙……黑色碎石紛紛散落，從衣櫃裡滑出來不說，這衣櫃裡也是滿佈著碎石啊。

「到處都是。」他沒好氣的指指衣櫃裡，「這裡讓我非常非常的不舒服。」

「我也是。」她退後一步，站定在衣櫃前方，「有本事盯著我瞧，沒本事站出來嗎？」

毛穎德一怔，「什麼？」

只見馮千靜雙手抱胸，倨傲的高抬下巴，狀似睥睨著衣櫃裡的……衣服？

「打從我一進門就盯著我看。」她瞇起眼，冷不防唰啦的一把將陳奕齊吊掛的衣服取下。

毛穎德見狀即刻幫忙，把另一半的衣服也拿下，這動作引起外面的注意，不一會兒大家都跟進來了。

「咦？怎麼回事？」陳奕齊看見自己的衣服被扔在床上，錯愕不已。

馮千靜沒有回答他，只是看著上半部好不容易空出來的衣櫃，開始伸手又摸又敲的，砰砰砰砰！

「空心的？」她倏地轉頭看向陳奕齊，「這後面有什麼嗎？」

「不……後面是外牆，跟牆中間有點空隙！」陳奕齊有點緊張，「妳想做什麼？」

「所以才叫隙間女啊！她就是躲在縫隙裡的不是嗎？」毛穎德認真的問，「老師，可以拆衣櫃嗎？」

「拆？」陳奕齊一怔，「這不是我的東西啊，這是房東的！我屋子是租的你們知道吧？」

夏玄允趕緊上前拉過老師，「你不是想找女友嗎？」

「對啊，老師，隙間女就是塞在縫隙裡活動的人，說不定她就帶著杜家慈躲在那裡啊！」郭岳洋也朝陳奕齊信心點頭，「就試試看？」

「不必全拆，先戳一個洞看看？」衣櫃前的人根本沒在聽他們說話，逕自跟毛穎德討論著。

馮千靜頷首，立刻看向卡在門口的三個人。

「噢噢噢，等我！」什麼話都不必說，夏玄允立即領會，跳起來向外衝，過個彎進廚房再回來時，手上已經帶了把菜刀。

陳奕齊看得震驚不已，但是他們的表現眞的有種專業的感覺，他出不了聲，因爲一個衣櫃，怎麼可能比得上家慈重要！

遞上菜刀給毛穎德，他一接過，腳往裡頭一踩，使勁就朝木板一劈——咚！咚！

馮千靜右手映後，郭岳洋允立刻往前遞出他不知道何時拿的另一把水果刀。

陳奕齊看得瞠目結舌，這是默契嗎？但是，爲什麼是讓女孩子拿著刀站在前面呢？他看左右兩邊似少年的男孩，你們躲在這裡對嗎？還沒開口，夏玄允跟郭岳洋還同時再把他往後拉了一大步。

「遠一點，以防萬一。」夏玄允小小聲的說著。

「我說你們……」

「不可以妨礙到小靜，她會生氣的。」郭岳洋非常肯定。

「她？」在陳奕齊心底，馮千靜還是那個內向的女孩……今天是有點不同。

菜刀在木板上劈出一道裂口，再一道，馮千靜專注的瞪著衣櫃，她就緊挨在毛穎德身邊，挪出一個供自己方便行動的空間。

只要有什麼……她甚至蹲低了身子，穩住馬步。

刀子劈上木板時迸出的都不是木屑，而是黑色發亮的石子，讓毛穎德心裡直發毛，他一點都不想做這件事，但是又不能讓馮千靜去劈。

論力氣他還是比較大，只是論靈巧度，誰贏得過格鬥者？

「手電筒。」他低語，已經劈出一個二十公分見方的口子。

郭岳洋即刻拋出去，陳奕齊甚至不知道他何時拿在手上的。

毛穎德俐落接過，深吸了一口氣，打開手電筒往裡頭照去，馮千靜整個人突然閃進衣櫃裡，刀尖對著洞口。但是，裡面什麼都沒有。

馮千靜握著水果刀尖往裡頭一戳，一下就觸及了牆壁，她狐疑的皺眉，伸手

貼上牆。

「好小。」她的掌心在冰冷的牆上擊著，「這距離沒有五公分吧？」

毛穎德把她往外拉一點，朝著裡面上下左右斜斜照著，只看見竄逃的小強跟蜘蛛網。這麼窄的空間，人要塞進去根本不可能啊！

「唉，離牆的空間只有五公分，最多。」毛穎德退了出來，朝陳奕齊搖搖頭，「應該是錯覺吧？」

「錯覺？」陳奕齊想喊著——你們因爲錯覺毀了我衣櫃？

「才不是錯覺。」馮千靜退出衣櫃，卻依然盯著，「我說不上來，的確有人看著我！」

咦咦!?夏玄允簡直喜出望外，「妳眞的覺得有人？」

陳奕齊太熟悉這種言論了，「錯覺吧？還是因爲家慈發生了事情，你們就會比較敏感，有可能是腦補行爲。」

「誰敏感啊！」馮千靜有些不耐煩，「我可以百分之百保證，這屋子有人瞪著我——因爲，那是敵意的視線！」

就像站在擂台上，那個要跟她進行殊死鬥的對手一樣。

那是巴不得擊倒她的視線。

第七章 憑空消失

因爲馮千靜的「認證」，夏玄允認定屋子裡有隙間女，但是他們找了一晚，卻依然什麼都沒找到；陳奕齊不安的看著衣櫃裡被敲出的大洞，覺得家慈當初爲這種窄小的空間歇斯底里，眞的太不值得了。

他將衣服掛回去，好遮住了那個洞。

夏玄允跟郭岳洋毫無罣礙的住在他家，兩個都打地鋪睡客廳，待在房間的陳奕齊根本睡不著，他前天是在沙發上邊看電視便打盹，一點動靜就會驚醒，後來也跑到客廳跟夏玄允他們一起睡。

有人在眞的安心很多，但是說穿了，恐懼來自於杜家慈的失蹤，並不是來自於他根本感受不到的視線。

夏玄允跟郭岳洋也都沒有感覺到視線，但是馮千靜的話絕對沒錯，身爲格鬥競技者，她從小就在擂台上過活，對於那種敵意視線最爲敏感！那不是監視器、不是針孔攝影機，而是眞的有個人帶著忿怒瞪著她。

只有她。

所以馮千靜跟毛穎德選擇不住在老師家，她是白痴傻了才會住老師家，那股視線在根本別想睡了，只怕她連一秒鐘的鬆懈都辦不到。

林詩倪跟阿杰得到消息後，本來也想去湊熱鬧，最後被夏玄允婉拒，倒不是不想讓社員知道過程，而是眞的怕有危險，尤其林詩倪跟阿杰之前就曾感應過「視線」的存在了。

「恐嚇前科？」毛穎德詫異的看向馮千靜，手上拎著兩大袋早餐。

「嗯，章叔跟我說的，江冠寧之前有過案底，不說之前，這一年來他也進出過警局好幾次！是慣犯，欠債不小，一直在躲債。」馮千靜一路爬著樓梯往上，依山而行的建築就是得多運動爬階梯，「再之前那失蹤的叫董什麼我忘了，她的丈夫也是生意失敗，後來也沒什麼工作。」

毛穎德有點愣然，「喂，妳說的這兩個怎麼都……」

「所以警方其實曾懷疑是男友或丈夫下的手，但是——」馮千靜趕緊補充，「屋子裡一點兒跡證都沒有，所以不能證實什麼。」

「老師應該不是那種欠債還是幹嘛的人吧？」毛穎德居然開始存疑了。

「哈哈哈！應該不是吧。」馮千靜笑了起來，「只是前兩個的失蹤案，會讓房東認爲是房客的問題，自然也不覺得屋子有什麼怪異。」

「這種很難會讓人覺得怪，又不是凶宅！」毛穎德深吸了一口氣，「老實說，住到都市傳說的屋子，我寧願住凶宅。」

「你可以跟夏天他們商量一下嗎？」馮千靜回頭問著，二選一的話，她也選凶宅啊。

因爲好兄弟姊妹們還可以超渡可以燒香幹嘛的感覺，問題是都市傳說不行啊！毫無邏輯可言，就連現在爲什麼隙間女突然出現？爲什麼帶走那些女孩？完全不得而知啊。

「妳要不要在樓下等啊，不要上樓了，如果那個一直盯著妳的話？」快到老師家樓下時，毛穎德說著。

說好今天上午由他們買早餐進來，也是順便確定一下安全。

「我是那種會退縮的人嗎？」馮千靜頭也不回的說著，語氣無比堅定。

是是是，不會。後頭的毛穎德異常無奈，馮千靜現在根本拿隙間女當對手看吧！

「而且你自己也沒多舒服，哪有理由讓你一個人上去！」她繼續唸著，「反正我才不會怕那種只會在場邊放狠的俗辣。」

嗯，他可不敢說隙間女是俗辣啊，但是如果隙間女再這樣一直挑釁，只怕馮千靜最後會加入獵捕隙間女的戰局。

「吃早餐了！」

馮千靜把早餐從袋子裡拿出來，歷經一夜好眠——只有夏玄允跟郭岳洋好眠，陳奕齊又得到一個失眠的夜晚，他不懂認定他屋子裡有隙間女存在的人，爲什麼可以睡得這麼熟。

他們來按門鈴時，陳奕齊立刻就開門，兩個連睡相都可愛的少年卻還在睡。

「早八還混！都幾點了！」毛穎德一進門就開始吼，「快點，邊吃早餐還要邊報告！」

「沒有什麼好報告的啊！」從臥室套房裡傳來遙遠夏玄允的呼喊聲，「就什麼都沒有！」

客廳角落的浴室門推開，走出神清氣爽的郭岳洋，「對呀，我們什麼都沒看見，也沒感覺到有人看我們。」

不意外這個答案，馮千靜一邊處理著手上的早餐，一邊越過毛穎德，往他後面看。

「拜託不要這樣看我……」他有點不舒服。

「有人在看著我。」她指向他後方，「又來了。」

「什麼？那裡？」陳奕齊順著視線看過去，馮千靜指著的牆是隔壁，「那是鄰居範圍了，那面牆可沒有櫃子。」

「隙間女一定會躲在櫃子後嗎？我不認爲。」她搖搖頭，「老師，你家也才幾個櫃子，但是現在視線就是在那個方向。」

她又指得更明顯了，毛穎德乾脆離開，不是因爲被指得不舒服，而是因爲覺得背後有視線而發毛。

「老師，隔壁鄰居住多久了，他們知不知道發生的事？」毛穎德好奇的問。

「唉，就是因爲根本沒人在家！如果可以我早問了！」陳奕齊顯得扼腕，「馮千靜剛剛指的那邊是空姐，前幾天還在，只怕又飛了；轉角那個鄰居本身住在上海，這裡是回台灣休閒用的。」

「哇……眞是個下手的好地方。」毛穎德喃喃說著，「老師，你怎麼特地挑了這裡？」

「我就挑安靜啊！鄰居不在我的考慮內！」陳奕齊已經後悔不已了，毛穎德的話無疑是再補刀。

馮千靜擺好一桌早餐，廚房裡爐子上熱著現煮的豆漿，最近毛穎德喜好自己做豆漿，所以大家跟著有口福。

「我去看豆漿吧！」毛穎德邊說，一邊轉進廚房。

「我去，你去催那兩個，換衣服換到哪邊去了。」馮千靜說著，兩個人交換了工作。

老師則先到書房去拿東西，他等等還要到警局去。

「你們快一點！幾歲了爲什麼要我催！」

馮千靜聽著隔壁傳來的叫聲，只有無奈。

關火，馮千靜抽過下方烤箱門上掛著的抹布，握住鍋子的手把，離爐，只是她沒有立刻走出去，而是頓了幾秒。

因爲，剛剛抽起抹布時，她彷彿看見半透明的烤箱裡，似乎有雙眼睛一閃而過。

這裡是廚房，上下都有櫥櫃，她知道老師翻遍了家裡，有沒有找過這裡呢？

不假思索，馮千靜立刻放下鍋子，把烤箱的門拉下來——匡啷！左邊的櫃子裡果然傳來了鍋具碰撞聲！

「果然有人！」她低吼著，疾速的往左一個開過一個，裡頭的聲響碰撞此起彼落，每打開一個櫃子，就能看見吊掛的鍋子在搖晃、甚至有東西掉落！

唰，開到最後一個時，什麼都沒找到，外頭卻突然傳來驚天動地的聲音，砰啪！

「怎麼回事!?」陳奕齊聞聲即刻衝出來，才出書房門口就嚇到了。

剛剛才擺滿桌上的早餐，現在全部都在地上，不管是蛋餅蘿蔔糕漢堡，連塑膠袋跟筷子都散落一地。

毛穎德也已衝出來，瞥了一眼滿地的食物後，第一時間向右看向馮千靜，還有爐子下敞開的門。

「怎樣?」他嚴肅的擰眉，一看就知道有事。

「烤箱裡剛看見人頭在晃，我順著一個個打開櫃子找，那傢伙也逃得很快，沒抓到。」馮千靜看著最左邊的櫃子，這櫃子不該有出口的吧?

往底部望去是陽台，問題是櫃子跟陽台中間有牆啊。

「哇!爲什麼會這樣?」夏玄允跟郭岳洋奔出，「這是被掃掉的吧!」

「清理一下。」毛穎德推了夏玄允一把，催促他清理，逕自走進廚房。

「你們剛剛說什麼?櫥櫃下有人嗎?」陳奕齊可是聽得一清二楚，衝到廚房門口看著敞開的櫃門，「那下面怎麼可能會有人!?」

「你們應該有人聽見鐵鍋碰撞聲吧，在爐子下的櫃子裡，鍋具該怎樣才會自動碰撞?」馮千靜蹲下身，拿出手機往裡頭照，死牆啊，「她沒料到我發現了，我一開烤箱的門對方就溜。」

「有看到樣子嗎?」夏玄允最關心這個。

「這麼暗怎麼看!但是確定一定有東西在……看把下面的東西都弄亂了。」

馮千靜端詳著下頭一片凌亂，看起來逃得很辛苦。

毛穎德跟著觀察一遍，老實說，烤箱是死的，跟櫃子其他空間並沒有連通，這樣怎麼藏人如何竄逃，實在是個深奧的學問。

「有沒有可能是老鼠？」他提出不同見解。

「或許吧？」馮千靜比著自己頭的大小，再小一點，「這麼大的老鼠？」她就是瞥見了，有顆頭在烤箱裡，隱隱約約。

「那下面不可能躲人啊！」陳奕齊抱著頭，只覺得不可思議，「又有烤箱，另一邊還是碗櫥……」

「如果她是隙間女的話，就有可能啊！」郭岳洋興奮的安慰著陳奕齊，雖然這絕對是反效果，「我們可能要重新調整我們的想法了。」

馮千靜關上櫃門，毛穎德站在門口左右張望，看著外面滿地的凌亂，夏玄允說得沒錯，早餐是被掃下來的，不是一樣樣丟棄，她一個深呼吸，倏地往臥室的方向看去。

「又來？」毛穎德問。

「對，很生氣啊！」馮千靜咬著唇，她看起來也沒有很開心，直接走進臥室，對著整面牆，「想針對我嗎？我買的早餐讓妳這樣糟塌？」

是啊，在場男性面面相覷，截至目前為止，有感覺的只有馮千靜、而且早餐也是她準備的……

「針對小靜嗎？」郭岳洋推敲著，「還是針對女性？」

「不管哪個，她是跟我卯上了。」馮千靜帥氣回身，雙手分別把分站兩旁的男孩推開，「喂！別發呆啊，快點清理吧！」

「噢！」郭岳洋聞言，趕緊進廚房要拿垃圾袋，只是潛意識會瞥一下櫥櫃，還有那個半透明的烤箱。

儘管震驚，陳奕齊還是協助清理，畢竟這是他的家、他才知道東西擺哪裡，富二代的夏玄允不太擅長做這些事，收個東西慢吞吞的，而且他蹲在地上，夾起一塊蘿蔔糕就定格似的發呆。

「你撿個垃圾都要沉思嗎？」毛穎德從後面走過去，不客氣的推了他的頭一下。

「哎……哎唷！」夏玄允嚷著，「你跟小靜一樣，最近越來越粗魯了！」

陳奕齊抬首，瞥了一眼馮千靜，「馮同學會粗魯？」

唔……郭岳洋立刻低下頭專心擦地板，而夏玄允尷尬的擠出早就僵硬的笑容，他完全明白馮千靜說的「視線」是怎麼回事，因為明明他背對著馮千靜，現在卻可以感受到快被目光灼穿了！

「沒有，就我們愛鬧啦！」夏玄允賠著笑，「馮同學怎麼可能會粗魯呢，你看她那個樣……哈哈哈。」

乾笑得太假，陳奕齊皺起眉，事實上昨晚到剛剛，他都覺得馮千靜跟平常的模樣不太相同，昨晚冷靜沉著，而且對於被注視的忿怒，與家慈完全不同。

她是那種驕傲式的拒絕挑釁，眼鏡像是一種僞裝，家慈卻是恐懼加歇斯底里……對啊！陳奕齊看著他的學生們，爲什麼他們好像都沒有恐懼？

「要不要找林詩倪來試試看？如果是針對女性的話？」毛穎德跟馮千靜在客廳討論著。

「也是可以，不過我眞的很肯定。」馮千靜雙手抱胸，她看上去非常緊繃，視線不停飄移。

表示，盯著她的視線也在移動嗎？

「在小靜開櫃子的時候，外面的早餐被掃在地上嗎？」夏玄允突然出聲。

馮千靜瞥向他，「對，同時的。」

也就是這樣害她分心，有一秒沒有看見櫃子最後的模樣。

「所以說，」夏玄允咧嘴而笑，笑瞇了眼，「至少有兩個隙間女囉！」

兩個？兩個隙間女？哪個都市傳說裡會有兩隻隙間女塞在同一個家的？毛穎德查過一輪，完全都沒看到！

而且兩個人可以去租屋了吧？有必要擠在人家家裡的縫隙中嗎？

由於還要上課，所有人沒有停留的離開，還得騰時間去買早餐，剛買的全部都進了廚餘垃圾桶；夏玄允在群組LINE了林詩倪跟阿杰，問他們晚上有沒有空，想約去老師家一趟。

陳奕齊的事情另開群組，也暫時不在「都市傳說社」的社團公布，夏玄允跟郭岳洋這次很安分，因爲他們怕太多人跑到老師家，會妨礙他們跟隙間女「親近」的時間。

雖然遇過都市傳說，還差點死掉，但這陣子經過「都市傳說社」及夏玄允的「洗腦式耳濡目染」，林詩倪對於都市傳說是越來越興奮了，只是還沒膽子眞正介入，不過想參與、想幫忙、想跟夏玄允一樣，能夠幫助遇上都市傳說的人。

畢竟遇上都市傳說，非死即傷啊！

「好，再約。」她回LINE給郭岳洋，其實也想再去老師家一趟，確定一下那個視線還在不在。

然後，她有更重要的事。

「謝妮潔。」

趁著空堂，她先跑到謝妮潔下一堂的課去，之所以知道課表，是因爲她知道馮千靜的課表，馮千靜跟謝妮潔同系，這堂是同系小組課，都在同一間教室不同時段罷了。

謝妮潔錯愕的往門外看，小狐狸們也狐疑不已。

「林詩倪！妳怎麼來了？」謝妮潔起身往門外走去。

「當然有事找妳。」林詩倪拉著她到旁邊，拿出她的手機，遞給謝妮潔。

「什麼啊？這麼嚴……」謝妮潔一看到手機裡的照片，表情立刻僵住。

手機裡的照片是陳奕齊拍下的紙條照，那張塞在門縫裡的：『我正在看著妳』。

「這是妳的字吧？」林詩倪不客氣的直接問，「別的我不敢說，但是妳寫女字旁時，習慣做的花樣，我第一眼就覺得很熟。」

謝妮潔把手機塞還給她，「我寫這個做什麼？妳以爲妳是鑑定專家啊？」

「我去對了妳熱舞社的社團留言簿，這幾個字超常用的，隨便都可以看出是妳寫的！」林詩倪亮著手機問，「妳幹什麼做這種無聊事啊？」

謝妮潔斜睨了她一眼，不耐煩的扯著嘴角，「惡作劇不行嗎！我就討厭那個女人，妳看看她又不漂亮，又乾瘦又邋遢，老師怎麼會喜歡她啦！」

「謝妮潔，妳喜歡老師是一回事，但是老師已經有女友了，妳明知道自己只是崇拜或單戀吧？」林詩倪覺得有點頭疼，陳奕齊是很年輕爽朗，但是再怎樣也大他們十幾歲啊，就算相戀，老師也不會在她還是學生時出手吧？

「不管怎樣，我就是喜歡老師，討厭杜家慈。」謝妮潔哼著一聲，「她的出現只是讓我更確定對老師的心意而已。」

「所以妳決定嚇她？」林詩倪挑了眉，「妳爲什麼寫這些字？」

謝妮潔輕蔑一笑，「我聽見妳跟阿杰說，在老師家時覺得好像有人在偷看，我就覺得這是個很好的嚇人方式。」

「嗯哼，所以除了這件事，妳還對老師女友做了什麼？」林詩倪逼問著，「妳知道她失蹤了？」

謝妮潔不悅的轉回身，面對著林詩倪，「我哪能對她做什麼！我只能寫這種字條嚇嚇她而已。不過，我可以明白的跟妳說，她失蹤我一點都不覺得難過！」

「喂，謝妮潔！」林詩倪覺得不可理喻，「這事情很嚴重耶！」

「我要進去上課了。」謝妮潔一撇頭，往教室裡走去，「妳如果要告訴老師也沒關係，我也想正式讓老師知道我對他的心意。」

謝妮潔說完，頭也不回的走進教室裡，小狐狸們剛剛就擔心在門口偷看，想必也已經聽到了八分；林詩倪無力的看著手機裡的照片，這時候告白是腦子有洞嗎？老師正在爲失蹤的女友拼命，她眞的以爲青春的肉體就能戰勝一切嗎？

傻傻的，唉。

小狸偷看著林詩倪遠去的身影，回頭朝謝妮潔豎起大拇指，「她走了。」

謝妮潔呆望著門口三秒，突然起身，抓起包包就往外衝，「幫我跟老師請假！」

「咦？」小狐狸們愣在原地，「謝妮潔，妳要去哪裡啊？」

還能去哪裡！在林詩倪跟老師說之前，不如她親口跟老師自首，爲什麼她要這麼做——

因爲，她眞的喜歡老師很久了！

陳奕齊才從警局回來，江冠寧跟姊姊也在那兒，他必須再次認眞的闡述他跟陳芷萱的失蹤沒有關係，幸好江冠寧他們是抱持信任的態度。

主要是因爲陳奕齊幸運的在陳芷萱失蹤那天，跟杜家慈出去玩有拍照打卡，另外就是江冠寧跟姊姊從未聽過陳芷萱認識什麼老師，所以他們並沒有把陳奕齊列爲嫌疑者。

不過警方的立場就不是這樣，尤其在化驗那包飾品後，連帶之前的失蹤者的DNA全部符合，都是失蹤者失蹤時身上戴著的飾物，警方甚至還在找一枚據說價值不菲的鴿子蛋戒指，戴在陳芷萱的前一個失蹤者的手上。

離開警局後他又跟江冠寧去喝了咖啡，大家交換心得，關於女友失蹤前的狀況，杜家慈比較歇斯底里，但是江冠寧提及陳芷萱心神不寧，不過沒有太大情況，也可能是他沒有在意。

陳奕齊忍不住想到上午的事，一個在櫥櫃裡竄逃，另一個掃掉一桌的早餐嗎？兩個隙間女……不管幾個，他家就是不只他一個人！

這眞的太扯了！

拖著疲憊的身子回家，他還是得回那兒，因爲家慈說不定會出現，也或者她會帶給他什麼消息？

而且，他還有種要不得的想法，說不定他這樣突襲回家，可以撞見在他家躲藏的人。

只是事與願違，他突襲回家得到的依然是空盪盪的屋子，而驚喜在數分鐘後，突然登門拜訪的謝妮潔。

「謝妮潔？」打開門的陳奕齊，有些丈二金剛摸不著頭腦。

「老師！」謝妮潔二話不說，雙臂一張就直接撲進陳奕齊懷裡！

等等等等！陳奕齊措手不及，立即石化！為什麼突然撲了上來!?

「謝妮潔，妳做什麼……」陳奕齊尷尬的抓住她的雙臂，試圖把她拉開，第一時間還緊張的往外頭看，「妳這樣會引起誤會的！」

謝妮潔被拉了開，她咬著唇一臉無辜，一雙眼睛淚眼汪汪的瞅著陳奕齊，「我才不在乎。」

「我在乎！」陳奕齊很無奈，謝妮潔的心意他知道，所以他一直保持距離。他正在想該怎麼支開謝妮潔，誰知道她一縮身子，閃身就從他身邊進入他家了！

陳奕齊愣愣回頭，謝妮潔鞋子一脫直接往沙發那兒去。

「喂，謝妮潔！」陳奕齊旋身，「妳不能就這樣進來……」

「老師不歡迎我嗎？」謝妮潔一副可憐兮兮的樣子看向陳奕齊，眼眶的淚還轉著，「我有事想跟老師說。」

「我……我們去外面談吧？」他這道門，都不知道該關還是不該關。腳步聲突然傳來，驀地門口出現兩個探頭探腦的女孩，陳奕齊回首一看，突然鬆了一口氣。

「嗨！」小狐狸們揮揮手，她們也翹課，尾隨謝妮潔前來。

謝妮潔一見到她們，臉色變得很差，暗示著她們快滾啦！

「請進！請進！」陳奕齊可高興了，有別人來眞是太好了！

謝妮潔瞪著走進來的小狐狸們，忍不住低語，「妳們來幹嘛？」

「怕妳做傻事。」小狐咕噥著，她們當然知道謝妮潔是來找老師的。

「妳不要這樣，現在不是時候！」小狸暗示著，沒看到老師一臉憔悴嗎？

謝妮潔根本不想理，她轉身看向陳奕齊，這目光灼灼，陳奕齊實在害怕，

「那個……家裡剛好沒飲料了，我出去買。」

「什麼？老師，不必！」謝妮潔嚷著，「我有事想跟您說！」

「樓下商店不遠，我一下就回來！」陳奕齊抓過外套就往外衝，老實說，他像是逃亡。

他就是怕謝妮潔有話要說啊！這個時候，她跑來告白就太誇張了，家慈剛失蹤，生死未卜，他連好好跟她說明白的情緒都沒有！

而且單身女孩跑到他家，為了避嫌他無論如何都不該在屋裡！

陳奕齊決定緊急召喚救命部隊，「都市傳說社」的人應該可以來幫個忙吧，至少不要讓他單獨去面對這樣熱情的學生啊！

謝妮潔看著老師簡直是逃跑般的離去，連電梯都不坐，八樓的高度也奔跑下樓，她覺得有種被羞辱的感覺！

「都是妳們啦！妳們來做什麼？」她回首，把氣轉嫁到小狐狸們身上。

「我們？妮潔，我們是為了妳好！」小狐嘆口氣，「老師現在沒有心思跟妳談這些事，妳不是知道老師女友失蹤了嗎？」

「對啊，聽說是在家裡……」小狸話說到這兒，不安的瞄了一下四周，「還是密室失蹤。」

「而且妮潔，妳知道隙間女嗎？我聽說老師家好像遇到隙間女耶，他家有另一個女人躲在這裡，一直看著他、看著他……媽呀！好可怕！」

「我才不管這麼多，我今天就要跟老師說清楚。」謝妮潔緊握著拳，否則要是讓林詩倪先跟老師說紙條的事，老師一定會氣她。

「我……咦？」小狐突然側首，看向客廳置物櫃，「妳們有沒有聽到什麼聲音？」

小狸跟著豎耳，好像聽見了一種……沙沙的聲音，輕微的磨擦聲，不甚明顯。

「隔壁嗎？」小狸往櫃子走去，想聽得更清楚點。

沙沙……沙……不是定點磨擦，像是有人手擱在木板上，從右邊往左邊走的聲響。

「櫃子後面就是外頭的走廊啊，怎麼會有聲音？」謝妮潔直接開門往外瞧，走廊上沒有任何人，「好了，妳們走吧！」

「什麼？」小狐狸們異口同聲，「走？」

「當然啊，不要妨礙我！」謝妮潔折返，一手拉一個就往門外推，「今天是我重要的日子，千萬不要打擾！」

小狐狸們被向外推去，還在嚷嚷，「等等，妮潔！妳知不知道老師的女友是怎麼失蹤的？」

「對啊，不是說她好好的待在家裡——」

砰！謝妮潔推她們兩個出去後，直接把門甩上。

呃……兩個女孩站在門口，不敢相信謝妮潔居然就這樣把她們推出來！

「喂！謝妮潔妳開門！」小狐用力拍著門，「事情就是在屋子裡發生的！妳有沒有搞清楚啊？」

「對啊！妮潔！」小狸也拼命按著電鈴，「都市傳說社的人都出動了，妳有沒有看見夏玄允？他們如果出動，就表示可能有什麼啊！開門啊！」

謝妮潔在裡面根本不想理，她把自己摔進沙發裡，她才不信什麼都市傳說咧，說不定那個女的就是嫌棄老師，所以偷偷跑了，這樣最好……好不容易有這個機會，她要跟老師告白！

噠噠噠噠，頭頂上傳來聲響，謝妮潔抬頭皺眉，樓上是怎樣？開趴喔，吵死了！不管怎麼樣，都沒有外面敲門敲不停的小狐狸們吵啦！

果然，呼喊加拍門聲在這外頭的空間引起迴音，老師間左邊的鄰居砰的開門了！門拉開一條縫，裡頭的鍊子仍栓著。

這開門聲讓兩個女孩趕緊停手，對方也跟著停了幾秒。

「請問有什麼事嗎？」是個女人的聲音，聽起來有點像剛睡醒，「隔壁的不在嗎？」

「啊……不在。」小狐說著，立刻改口，「不是，我們是希望同學開門！」

「你們不能按電鈴嗎？這樣又拍門又喊的很吵！」女人極其不耐煩的說著，「別人不必休息的嗎？」

「對、對不起！」小狸自知理虧，只能趕緊鞠躬道歉。

「不要鬧好不好？又喊又叫的，迴音很大！」她聽起來超不爽的，下一秒就把門甩上。

砰的好大一聲，兩個女孩直起腰桿，糟糕，吵到鄰居了啦！

兩個人立刻改用很大的氣音說話，窸窸窣窣的真的沒有比較好，所以她們決定先到樓下去等老師，她們不想讓謝妮潔一個人面對一切……因為，想也知道老師會拒絕她的嘛！

謝妮潔聽著她們討論要離開，勾起微笑，隔壁的幹得好，她們本來就太吵了，在外面叫嚷，誰受得了！

謝妮潔愉快的在屋子裡亂逛，天花板上的聲音一直沒停過，她嫌惡的皺眉，老師怎麼受得了啊？

打開冰箱，果然沒有什麼零食，不過側門放了幾瓶可樂，老師想閃躲她嗎？飲料明明這麼多，她在這裡等著，不信等不到。

轉個圈，她大方的走進角落的單間廁所裡，手機LINE的聲音響個不停，都是小狐狸們傳的，一堆危言聳聽的話，什麼傳聞密室失蹤、什麼那間屋子有很多人都被帶走了、不然就是什麼都市傳說。

「隙間女？連這種東西都說得出來！」謝妮潔笑了起來，剎地聽見隔壁有聲響。

咦？老師回來了嗎？她詫異的聽著，沒聽見開門的聲音啊……而且不對，她現在的方位應該一點鐘方向才是門，聲音來自……她轉向左方，左手邊的浴室。

那是浴簾滑動的聲音，歪頭一想，大概風吧！

轉身要拿衛生紙，卻赫然發現廁所裡衛生紙沒了！老師也太粗心，居然沒有放……聽說「都市傳說社」的人昨天住在這裡，是哪個人用完了不補啦？

她身上又沒衛生紙，都在書包裡——「厚！好煩！衛生紙咧？」

連備用的都沒有！噘起嘴，她只能硬著頭——

衛生紙，從門縫下遞了進來。

謝妮潔呆坐在馬桶上，看著沒有門檻的門縫底下，伸進一隻髒污蒼白的手，推進折疊成四方的衛生紙。

那擱在衛生紙上的指甲龜裂破損，滿是血痕，有的指尖根本沒有指甲。

謝妮潔的血液迅速退去，她嚥了口口水，家裡……這間屋子裡，除了她之外，應該沒有別人吧？那這遞衛生紙的手，是、是誰呢？

門板下是類似百葉窗的設計，外頭看不進來，裡頭看得出去，這會兒，她終於感受到所謂的「視線」。

有個人，就蹲在門外看著她……

門縫下的手遲遲沒有離開，她緊掩住嘴，全身劇烈顫抖著，她不敢出聲，不敢問外面是誰，但是她心底明白，那可能就是造成老師女友失蹤的主因。

老師！你快回來，你趕快——

啪！門下方百葉窗驀地被扳斷，謝妮潔將雙腳縮起，看著門板下的……一雙眼睛。

一雙又大又圓的眼珠子，直直盯著她的眼睛。

『謝妮潔，妳知道隙間女嗎？我聽說老師家好像遇到隙間女耶，他家有另一個女人躲在那裡，一直看著他、看著他……看著……』

「哇啊啊啊——」

第八章 尋找

陳奕齊眞的在附近的便利商店，一直等到夏玄允及郭岳洋他們抵達，中間完全沒有回家，雖然足足讓謝妮潔等了一個多小時，但總比直接面對她的好。

這個念頭，在他看見小狐狸們從上方大門衝下來找他時，更加確定自己做的是對的。

「老師！你快點！她把我們趕出來了。」小狐憂心忡忡的看著老師，拉著趕著要往上方去，「老師，你應該是會拒絕她吧？」

「那當然。」陳奕齊回得很尷尬。

「不管怎麼說她都聽不進去，今天是鐵了心要跟你告白，嫌我們礙事就趕我們出來。」小狸吐了吐舌，「那個，我們還被隔壁罵了。」

陳奕齊聞言，雙眼一亮，「隔壁？誰回來了？我的右邊還是轉角的左邊？」

「呃，轉角那個，不是正隔壁。」小狐指纏著不離身阿朗基河童的證件套，嘟起嘴，「她好像在睡覺，我們吵到她了，很不爽！」

「左邊，是那個長年出差的闊太太！太好了！」陳奕齊喜出望外的回頭看向夏玄允，「有個鄰居回來了，我等等就去問她知不知道以前的事！」

「長年出差，希望不大喔！」走在後面的郭岳洋先打預防針，「而且你也不知道她住多久，能知道些什麼。」

「沒關係啦，有問總比沒問好。」夏玄允覺得多問是個機會。

「我等等會幫妳們兩個道歉的。」陳奕齊看著滿懷歉意的小狐狸們，「好吧，還是得面對，上樓跟謝妮潔說清楚吧。」

林詩倪在後頭聽得很模糊，「老師，謝妮潔來做什麼都還沒跟你說嗎？」

陳奕齊回頭看向她，他腦海浮現謝妮潔撲進他懷裡的動作，不太自然的搖頭。

「我以爲她是衝來自首的……也對！怕我跟老師先說吧？」林詩倪沉思著。

「自首什麼？」夏玄允狐疑的問。

「塞在老師家門縫那張字條，是謝妮潔寫的。」阿杰補充，「她認出謝妮潔的筆跡，我們還對照她社團門口的留言簿，真的是她寫來嚇人的。」

正在走樓梯的陳奕齊頓時停下，不可思議的回身，「你說什麼？那張害家慈嚇得奪門而出的紙條……是謝妮潔的惡作劇？這是不是太過分了？」

小狐狸們倒抽一口氣，就說老師會生氣！

「老師，我們不知道這件事喔……就是事前不知道。」小狐趕緊撇清關係，「妮潔事後才跟我們炫耀的！」

小狸趕緊拉住老師，「對啊！真的！她故意要嚇你女友的！」

「這何止嚇？那張紙條差點把家慈逼瘋！因為那證明真的有個人……天哪！是偽裝！她為什麼——」陳奕齊自問自答，為什麼要這麼做？這還要想嗎？就是因為謝妮潔喜歡他！「是我的錯，我應該早跟她說明白的。」

阿杰嘆口氣，「老師，謝妮潔沒說什麼前，你都不該說，你說了搞不好變成性騷擾。」

陳奕齊看著他，雙拳因懊悔而緊握，但是這也加深了他等等要明確拒絕謝妮潔的想法。

一行人走到了那棟公寓，再乘電梯上了八樓，陳奕齊不再猶豫，他直接打開門就進去，大門敞開刻意不關，其他人在外頭等著，也不好讓謝妮潔看見，保持沉默。

「謝妮潔。」陳奕齊在裡面喊著，「謝妮潔！我買飲料回來了。」

幾瓶綠茶擱上餐桌，但是屋子裡沒有回應。

怪了？陳奕齊進臥房去找，沒有人影，從臥室走出時，可以看見斜對角的廁所地板上，有著不尋常的木屑。

「謝妮潔？」他小心翼翼的站在門口，注意到門是半掩的，「是老師，妳在裡面嗎？」

地板上的木屑是門板上那通風口的，陳奕齊蹲下身子拾撿，好好的怎麼會斷掉呢？而且這簡直像被人扳斷的？

外頭的人聽著叫喊聲，夏玄允與郭岳洋對看一眼，好像不對勁。

「我開門了喔，謝妮潔。」陳奕齊試著掩住眼睛，以指尖挪開那根本沒有緊閉的門板——

門打開，裡頭空無一人。

「咦？」陳奕齊看著蓋上的馬桶蓋，落在地上的手機，裡面沒有謝妮潔的身影！

強烈的不安襲上，他抽口氣，立刻衝進書房裡，一樣沒有找到任何人——隙間女！

「喂！謝妮潔不見了！」陳奕齊慌亂的衝出來，「裡面沒人啊！」

「什麼！？」朋友第一時間反應最大，小狐狸們連忙衝進去找人，夏玄允跟郭岳洋跟著往裡頭去。

林詩倪緊張的揪住胸口，她突然感覺到好像不應該對都市傳說太有興趣了！

阿杰凝重的左顧右盼，先摟過林詩倪。

「大家不要想得太複雜，別忘了，謝妮潔還是可以自行離開的。」阿杰低聲說著。

「你們進去看吧！」陳奕齊看向隔壁，「我要去問問！」

既然小狐狸們拍門時鄰居醒著，說不定謝妮潔發生什麼事也能聽見。

鼓起勇氣，陳奕齊按下門鈴，門鈴像是被拔掉了沒有響，他只好硬著頭皮敲起門，啪啪啪啪，十幾聲後，門的那頭終於傳來不耐煩的聲音。

「誰！」哇，這聽起來不太爽。

「對不起，我是新搬來的，敝姓陳。」陳奕齊禮貌的說著，「我知道打擾到您了。但我有要緊的事！」

幾秒後，聽見門的開鎖聲，門才被打開，但對方防心很重，鍊子還閂著。

女人頭髮有點紊亂，從門縫中露出半邊臉，看上去相當疲憊，頭髮有些亂，隻手扳著門緣，手形相當漂亮。

「您好。」她聲音沉了些，「我剛剛也被你朋友吵得不高興，所以口氣差了點，抱歉。」

「是我學生不好。」陳奕齊率先道歉，「我叫陳奕齊，請問如何稱呼？」

女人帶著點不耐，「有什麼事嗎？」

「啊，剛剛請問您有聽見什麼嗎？因爲我剛剛有個學生在裡面，現在卻突然

失蹤。」

女人皺眉，她倚在門邊的牆壁，雙手抱胸，「失蹤？她會不會是離開了？我後來就進去睡覺了，沒聽見什麼聲音。」

「是嗎……」陳奕齊有點失落。

此時電梯上來，叮的一聲，讓他不由得回頭，走出的是才抵達的馮千靜及毛穎德；他們一上來就看見陳奕齊在跟隔壁鄰居說話，跟著禮貌頷首。

「那……」陳奕齊繼續面對鄰居，深吸了一口氣，「請問您認識陳芷萱嗎？」

女人明顯的頓了一頓，幽幽轉過頭來向著他，「前一個房客。」

「是！」聽見女人可能認識，陳奕齊興奮，「您知道她的事嗎？她也失蹤了您知道嗎？有沒有任何線索知道她當時發生了什麼事？」

女人嘆口氣，搖了搖頭，「我怎麼會知道！你不是知道我都在上海嗎？」

「我知道，我只是希望或許您能知道些什麼。」陳奕齊還是抱著一絲希望。

「我不清楚，很抱歉幫不上忙。」女人直起身子，像是要下逐客令了，「我只能說，或許她失蹤對她來說比較好。」

咦？這句話話中有話，大家都聽得分明。

「欸，」陳奕齊還想問什麼，女人卻已經把門關上，大家都聽見上鎖的兩段聲，喀啦喀啦。「小……唉！」

「有聽到嗎？」馮千靜問著隔壁，「失蹤還比較好？」

「聽見了。」毛穎德挑眉，「妳不是說江冠寧有……嗯。」前科，這件事只有他們兩個知道，所以不宜說太多。

陳奕齊有點失落的走回，還是沒問到什麼。

「你們來得正好，從學校方向來的話，路上有看見謝妮潔嗎？」陳奕齊憂心的問。

「沒有啊！她不是在這裡嗎？」毛穎德還有空調侃他，「人家特地來告白的？」

噠噠的腳步聲從裡面衝出來，夏玄允一臉激動的扣住門緣，他聽見毛穎德的聲音了，「毛毛！小……靜！謝妮潔失蹤了！」

什麼！毛穎德跟馮千靜頓時看向陳奕齊，接著跟著衝進他家。

所有人已經把家裡翻過了，就是沒有謝妮潔的身影，小狐跪在玄關一直哭，因爲謝妮潔的鞋子還在。

「爲什麼……她怎麼不見的？」毛穎德有點不可思議。

林詩倪簡單說了一遍，謝妮潔失蹤時，只有她一個人在，沒有人知道發生什麼事。

「她爲什麼會一個人在老師家？」馮千靜覺得誇張，「老師，你留她一個人在這個可能……我是說可能有隙間女的地方？」

什麼!?小狐狸們詫異抬首，「隙間女？傳言是眞的!?」

「我沒有，那時她們兩個都在，我才逃出去的！」陳奕齊焦急辯解，「我不知道謝妮潔會把她們趕出來！」

小狸跪在客廳中間，手上拿著手機，「妮潔……我們有跟她說，但是她說她不信都市傳說！而且我們在樓下等她時，也一直傳訊跟她說隙間女的事……天哪！你們是說這裡眞的有……」

她頓了兩秒，旋即尖叫著往門外奔去，來到小狐身邊。

馮千靜也注意到廁所門板的碎片，她蹲下身，看著被拉斷的桿子，「這是第一次有破壞現場的樣子。」

「又是一樣，鞋子、包包都在，那是她的手機嗎？」毛穎德注意到小狸拿著。

「對，手機掉在馬桶邊。」陳奕齊算是第一發現者。

「又是關機嗎？」毛穎德問著拼命發抖的小狸，她想離開這間屋子，現在就想。

林詩倪上前，主動抽過了手機，手機是沒關機，但是有密碼，蹲下身叫小狐狸們解一下，閨蜜都該看過解鎖的。

鎖一打開，最後停留的畫面是相機。

馮千靜在廁所裡巡了一遍，退了出來，「她連馬桶都沒沖，看來事情發生得很突然。」

阿杰湊過去女友身邊，林詩倪從相機畫面看見剛剛拍的照片，小視窗有點奇怪，便點開來瞧。

這一點開，兩個人同時放聲大叫：「哇——」

咚叩——手機跟著掉落在地！

大家都被這舉動嚇到，夏玄允趕緊過去拾起手機，看著螢幕的雙眼，整個亮了起來。

「不好。」毛穎德擰眉，夏玄允那表情，謝妮潔鐵定是拍到什麼了！

「剛剛你們說……」夏玄允泛起淡淡笑容，「屋裡只有謝妮潔一個人？」

「對、對啊！」陳奕齊覺得夏玄允的笑容好可怕啊！

郭岳洋好奇的拉過他的手，他想看手機嘛！夏玄允下一秒就朝著大家秀出螢幕，「你們看！屋子裡還有第二個人，這就是證據！」

螢幕裡，拍著一張從門縫下伸進的、死白的、傷痕累累的手！

在場每一個人都僵住了，氣氛簡直降到冰點，林詩倪甚至忍不住打了個寒顫，隙間女是眞實存在的？

在這個屋子裡，還有另一個人潛藏著？

「眞的！是眞的！」唯郭岳洋跟夏玄允兩個人握著手，又叫又跳，「隙間女是存在的！快點轉發給我！」

「這是第一次拍到隙間女耶！」夏玄允即刻進行轉發，那激動的模樣，讓陳奕齊完全無法理解。

「至少她拍到了。」馮千靜覺得有點無力，「既然印證隙間女的存在，也順便承認不只一個的事實吧！」

陳奕齊自心底發毛，他不安的拉開餐桌椅子坐下，身子禁不住的微微顫抖，林詩倪也緊握著男友的手，因爲打從她一踏進來，就感覺到被盯著瞧的視線，頸上的汗毛直豎，逼得她雞皮疙瘩全數起立。

毛穎德看那照片，站在廁所門口望著，忍不住想像謝妮潔剛剛在這裡遇到的情況。

在一片恐懼與死寂的氣氛下，背景音樂卻是兩個興奮過頭的男孩，又叫又跳的把那張照片奉爲聖品，若不是在場的人幾乎都瞭解他們兩個，只怕又要以爲他們對謝妮潔或是杜家慈的遭遇幸災樂禍了。

「安靜！」毛穎德終於忍不住走到他們旁邊，「現在是值得高興的時候嗎？」

兩個男孩停了下來，笑容根本止不住，看來答案只有一個：「是」。

「從哪裡被拉走的呢？」小狐指著門板下的縫隙，哭了出來，「她如果人在廁所裡的話，會這麼小縫嗎？」

「門打開了，說不定不是。」馮千靜仔細環顧周遭，對啊，能從哪裡被拉走？這間屋子他們也搜遍了，沒有能藏……

抬起頭，她看到了馬桶正上方的暗門。

順著她的視線，所有人都看見了。

「那是什麼？」毛穎德走了過去，朝著坐在椅子上的陳奕齊彈指，「唷喝，老師，振作一點。」

陳奕齊喉頭緊窒，他緊張得都快說不出話，坐在椅子上的他，看著左手邊聚集的學生們。這群「都市傳說社」的學生，真的比他從容太多，也比他更能接受隙間女存在的事實……嗯，似乎不只接受，還有某種程度的激動。

你是老師啊，冷靜點！怎麼可以比學生還要慌張呢！用力做了好幾個深呼吸，陳奕齊終於站起身，朝廁所走去。

「那是用來檢查管線的活門，臥室的浴室天花板也有一個，不只廁所裡有。」他一邊說，一邊看著那道暗門遲疑，「那個門……」

某天晚上，他是不是在熱氣氤氳中也看到了什麼？

「老師？」敏銳的郭岳洋好奇的上前，老師陷入沉思了。

「我好像……有看過什麼不尋常。」陳奕齊蹙著眉，邊說邊不肯定的搖頭，「但是我說不定看錯了，還是……」

「老師，你看到什麼都講！」夏玄允也催促著，說不定才不是眼花呢！

「家慈失蹤那晚，我們還沒吵架前，我在套房的浴室洗澡，因為水蒸氣跟水的關係，看不清楚，但我一度覺得上面那個活板門像是揭開了。」當時的錯覺，現在讓陳奕齊想起來有點不安，「可是我把水珠抹掉後，就覺得是看錯了。」

學生們瞠著眼睛看著他，下一秒每個人都動了起來！

「天花板！老師的天花板我們沒有查過！」毛穎德仰頭，「大家要留意上面！」

「爬上去看看嗎？」馮千靜瞇起眼，「如果謝妮潔被拉走，救下來的機會比杜家慈高吧！」

直說有點殘忍，但這是事實，杜家慈已經失蹤兩天了，謝妮潔是再久也是一小時前的事。

「直接爬上去嗎？」小狐尖叫著，連連後退，「萬一、萬一……」

「不行，直接上去太危險了。」毛穎德即刻反對，「要是有什麼東西在門口等妳就來不及了！我們要先探路才可以。」

林詩倪突然輕啊一聲，打開自己的包包，拿出了自拍棒，「可以用這個嗎？先照裡面的狀況？」

「哇！」夏玄允即刻接過，「這個好！林詩倪妳好厲害！」

「那個……我……我不太舒服。」林詩倪趕緊接口，「我可以去幫忙跑外面的事嗎？我不想待在這裡……」

嗯？馮千靜轉頭瞥了她一眼，「怎麼？感覺深刻嗎？」

「非常！」她皺著眉，「我一踏進來就覺得有人在瞪我。」

「我也是！」阿杰應和，「比上次嚴重，而且這次感覺是帶著忿怒，我跟詩倪幫忙處理外面的事ＯＫ嗎？」

夏玄允立即點首，「可以！外面有好多要事需要你們協助。」

例如房東一家今天回國，終於可以詳細問問；另外，也要請他們聯繫之前失蹤者的家屬，許多相關人士不是搬家、就是找不到，也有失去聯繫的，但是還是希望能知道過去那些人失蹤時的狀況，不要透過警方，而是用一種同理心去聯繫。

看著林詩倪跟阿杰要離開，小狐狸們蠢蠢欲動，「我們可不可以也……」

馮千靜瞬間皺眉，「妳們姊妹淘剛失蹤耶？不打算幫忙找她？」

「我、我會怕啊！」小狐哭喊著，「萬一、萬一我們也被帶走怎麼辦？」

「還眞是好朋友。」馮千靜搖搖頭，一副不予置評的臉。

小狸有些氣結，她互絞雙手，這種氛圍誰不害怕？謝妮潔都已經憑空消失在這間屋子，而且是隙間女耶，這個都市傳說多嚇人，躲在你家的人，根本不知道在哪裡！

友情跟性命，不是性命比較重要嗎？

但是如果現在走，好像眞的很對不起謝妮潔……

「我們……我們可以不要上去找嗎？」小狸哽咽著問，「就做些瑣事？我們眞的不敢……」

毛穎德看著她們，有時他還眞希望馮千靜可以像她們一樣，稍微退縮一點，而不是急著想找出剛被拖走的人。

「這是犯法的吧？」馮千靜瞪著上面的活板門，「躲在人家家裡搞破壞到底是誰允許她們這麼做的？」

「呃……」夏玄允小心翼翼的回著，「那是都市傳說，搞不好她還比較早存在在這裡喔！」

馮千靜回頭瞥向他，再看向站在餐桌區的小狐狸們，「妳們幫忙搬椅子吧，老師不是說臥房浴室也有。」

「我去！我去！」夏玄允一馬當先，郭岳洋緊跟在後，爭先恐後的擠著要往臥室去。

兩個女孩面面相覷，這種事有必要爭嗎？

依言抱著椅子跟上前，陳奕齊則尾隨在他們後面，「就在浴缸上方！小心點你們！」

外頭廁所這兒，馮千靜踩上去馬桶蓋後，高度就差不多了。

一踩上頭頂就要頂到活板門，她遲疑兩秒，動手就想把活板門推開——下頭的男孩二話不說立刻環抱住她的雙腿，把她整個人直蔥狀的給抱下來。

「喂！毛穎德！」馮千靜驚愕的低首看著他。

「就說不要貿然上去了，妳離天花板根本沒有距離好嗎！」毛穎德沒管她，轉了圈抱離廁所，這才放下她。

馮千靜輕巧的跳上地，還有點惋惜，「好吧，所以是要從裡面下手嗎？」

「嗯，這邊做些障礙好了。」毛穎德邊說，一邊拖過其他椅子在廁所門口抵住，萬一眞有隙間女從這兒出來，還能牽制一些活動。

接著他們在自拍棒上面架了謝妮潔的手機，開啓錄影模式，前鏡頭的自拍燈也亮得刺眼，便前往臥室去。

「夏天你們兩個到餐桌旁去，只要有人從廁所出來就打。」毛穎德走進臥室交代著，「老師，麻煩你到廚房去吧，櫥櫃下好像也有空間……」

「嗄？」夏玄允一臉失望，「我想爬上去說。」

「小狐狸們，妳們去把房間衣櫃關好，還有外頭客廳的大置物櫃，一人負責一個區塊。」

「負、負責要幹嘛？」她們顫抖著問。

「有東西出來就打！」毛穎德說著，「反正目標就抓一隻，看能不能藉此找到謝妮潔。」

小狐狸們其實不懂他們要做什麼，但還是依言照做，反正只要不要叫她們爬上去什麼都好；小狐負責把衣櫃關緊，直瞪著衣櫃瞧、小狸站在客廳置物櫃前，舉著椅子猛發抖。

影。

夏玄允跟郭岳洋一個負責拿椅子，另一個只拿相機，隨時想捕捉隙間女的倩

「欸，可以不要太粗魯嗎？」郭岳洋還好聲好氣的拜託大家，「她們好歹是女孩子，我想說我們禮貌點……」

陳奕齊站在廚房門口，用一種不可思議的眼神望著他們，「你們眞的……對都市傳說很熱愛啊？」

「對啊！」兩個孩笑彎了眼，異口同聲。

「你們就眞的不怕被都市傳說所害？」這是他不明白的，他的女友都已經出事了！

「害喔……我們倒不覺得是都市傳說傷害我們。」郭岳洋說得頭頭是道，「都市傳說是早就存在的事物，或許該說是命、是運，是我們犯到了都市傳說，或是剛好碰上了它。」

小狸忍不住蛤了好大聲，「你這樣說，好像是我們活該似的！」

「倒也不是，就是命吧。」郭岳洋繼續笑著，溫和的可愛口氣，「拿這裡來說，說不定隙間女在這裡待很久了，闖進她這個傳說的，是人類啊！」

陳奕齊忍不住皺起眉，「你說的好像是我不該搬進來，是我害得家慈……」

「老師，這是命！」夏玄允還能用輕快的口吻解釋這種一般人無法承受的事實，「你總不能因為被車撞了，就認定當初不該發明汽車吧？」

「這……」陳奕齊原本想再說，臥室門口探出小狐的頭，「怎麼了？」

「他們叫你們不要吵了，準備要開始了。」小狐尷尬的原句照傳，事實上裡面那個女生講得更不耐煩。

馮千靜鎖緊手機，交給毛穎德，由他負責踩上椅子，將自拍棒伸進去，而她則負責站在下頭，隨時救援。

毛穎德低首看著她，馮千靜昂起頭，朝他堅定的點頭，一、二、三——啪啦！自拍棒迅速的頂開活板門，木板喀啦的聲音嚇得外頭的女孩尖叫，手機即刻伸進去，開始錄著裡頭的景色。

「手穩一點，不要手震啊！」馮千靜還在下面交代。

「有點難！」毛穎德咕噥著，這種情況他還能拿得穩已經不錯了。

外頭所有人都屏氣凝神，沉默了一分鐘左右，毛穎德跳了下來，即刻檢視剛剛錄下的影像。

馮千靜湊前，在被ＬＥＤ燈照亮的天花板夾層中，除了一堆小強跟老鼠外，根本什麼都沒有！

「搞什麼！」馮千靜顯得有點失望，「至少得看得見謝妮潔啊？」

「上頭沒藏人啊！」毛穎德高聲喊著，「外面怎麼樣？」

「沒有動靜！」陳奕齊喊著，因爲夏玄允跟郭岳洋都一臉失望的垂下雙肩。

馮千靜咬著唇，甩頭往外頭走去，「夏玄允！隙間女到底還能躲在哪裡!?」

「啊？」夏玄允聞言看著走出臥室的她，「一直都只有櫃子跟牆的縫隙啊！天花板的我只知道曾發生過一件眞人眞事，眞的有人藏在天花板裡，半夜下來吃屋主的食物。」

陳奕齊打了個寒顫，聽見眞實發生，他就會渾身的不舒服。

毛穎德拿著自拍棒與手機走出來，認眞的看了又看，上頭眞的沒有他們以爲的隙間女或是任何人影……

「沒有嗎？」小狐很沮喪，「那妮潔會去哪裡？」

「我們也很想知道。」毛穎德微微一笑，「不過看來那上面是沒望了……幫忙收一下椅子吧！」

唉，小狐跟著嘆口氣，逕自往浴室走去，妮潔能去哪裡呢？其實她在想，說不定妮潔自己離開老師家，也可能是被綁走的、被壞人帶走，所以才會連鞋子都沒穿。

但是她跟小狸一直都在樓下，並沒有看見她啊！

「上面眞的沒什麼，我們要再從這邊照一次嗎？」毛穎德問著，指向外頭的廁所時，突然頓了一下。

奇怪？他回頭望著臥室裡的天花板，再看向客廳的，接著急速的往外頭的浴室走去……

「怎麼回事？」陳奕齊焦急問。

「老師，你不是說過會有活板門是因爲浴室上有些管線嗎？」毛穎德踏進外頭浴室裡，仰首瞥著再倒退一大步，看著客廳天花板。

大家被他的舉動吸引，也跟著張望。

「咦？」郭岳洋知道毛穎德在說什麼了！

「對啊，當初是這樣說的，哪裡奇怪嗎？」陳奕齊看了半天也沒看出所以然。

「因爲不管客廳還是廁所，」郭岳洋認眞的看向陳奕齊，「天花板都一樣高啊！」

換句話說，不只廁所浴室的天花板有再加裝一層隔板，陳奕齊家整間屋子的實際天花板高度，都多隔了一個相當足夠的空間，只怕不只是裝飾，多半是爲了隔音。

但是現在重點是，整個天花板都是空隙啊！

聽著外頭的驚呼聲，小狐急著把椅子從浴缸中搬出來，轉身才要出浴室。

噠。

浴缸裡發出聲響，發出物品掉落聲……小狐直覺性的回頭，看著自己身上有沒有掉下什麼，再把椅子放下，往浴缸走去。

雪白的浴缸裡，果然掉了一根髮夾。

「啊，這是……」她下意識摸摸自己頭上的夾子，咦？還在——

右手拾撿起的髮夾上頭，是一朵桃紅色閃亮的小花，這是妮潔今天別在頭上的……她瞪圓雙眼，背脊突地發涼，她感覺到了——馮千靜一再提及視線，正盯著她後腦勺。

這個夾子，是從上面掉下來的。

小狐緩緩抬起頭，看著那活板門被推開的窟窿裡，漆黑一片，什麼都沒有。

「妮潔？」她皺起眉，不自覺的逸出聲音。

慢慢的，長方型的空格中，滑出了長髮……前額……還有一雙咕溜溜轉的大眼。

「哇呀——」

第九章 無處可逃

尖叫聲驀地從臥室裡傳來，所有人倏地往那頭瞧，聽見的是掙扎聲、尖叫聲與木板掉落聲同時響起！

「小狐！」毛穎德想起他叫小狐收椅子，立刻奔了進去。

「其他人原地不要動！」馮千靜緊跟在後，還不忘回頭交代，「老師幫顧！」

我？陳奕齊根本嚇得自身難保，顧誰啊！

尚在思考，天花板突然出現了明顯的撞擊聲與磨擦震動聲，咚咚咚，所有的甘蔗板都在震動！

才跑進浴室的毛穎德戛然止步，順便抱住了正往前衝的馮千靜，「別動！」他們抬起頭，聽著聲音在頭頂上亂竄，有人在上面爬行，不只一個地點，從臥室的方向往客廳爬……客廳——咚！

馮千靜顫了一下身子，他們背後的衣櫃裡突然也傳出巨響，碰撞的聲音接著循著置物櫃延伸向外，不規律的碰撞聲，像是有人在裡頭走路走得踉蹌不穩！

一屋子都傻了，聽著屋子裡自四面八方傳來的聲音，小狸一聽見置物櫃的聲響就尖叫退後，而她身邊的夏玄允跟郭岳洋正與高采烈的把廁所門前的障礙物掃除，準備進去廁所，踩上馬桶一探究竟！

「不許進去，夏玄允！」陳奕齊瞬間明白馮千靜剛剛的意思，立刻衝上前要阻攔夏玄允。

於此同時，他身後的櫥櫃下，平底鍋的聲音開始互擊，鏗鏘聲此起彼落。天花板的爬行聲、櫃子裡的跌撞踉蹌聲，加上櫥櫃底下的各式物品的碰撞聲，同步在陳奕齊的屋子裡上演。

而在毛穎德臂彎間的馮千靜，卻還能感受到股強烈的視線，正瞪著她不放。就在床頭櫃的後方，她忍不住直視著，如果對方也能感受到她，那現在就叫互瞪了。

度秒如年，當一切平靜下來後，陳奕齊把夏玄允拖出廁所時，小狸就崩潰了！她叫著哭喊著，連滾帶爬的到沙發邊抓走自己的蛋黃哥背包，再往門口爬去。

「我不要待在這裡！我眞的不要！」她跪在鞋架旁大哭著，「好可怕好可怕！」雙手環抱著自己，她趴在自己的膝上放聲大哭，蜷成一團。

臥室裡的毛穎德感受得到懷間馮千靜的緊繃，也留意到她的眼神，跟著往床頭看去，「對瞪嗎？」

「嗯。」她點點頭，「看來好幾位……呼，先去看看小狐吧！」

她低語著，才留意到圈著她的手臂，毛穎德正擰著眉思考這一切，沒有鬆手的打算。

「走。」他說著，摟過她的肩頭朝浴室方向轉去，這種時候不能讓馮千靜落單。

他們雙雙謹慎的站在浴室門口往裡望，浴室上方那塊活板門的木板已經掉下來了，椅子就擱在門口旁的地方，而裡面確實沒有小狐。

「小狐呢？」郭岳洋走進臥室。

毛穎德回頭朝他搖首，代表不妙。「我進去看，妳掩護我。」

馮千靜望著他手上的自拍棒，「自拍棒給我。」

「再拍一次嗎？」他狐疑問著。

「沒有意義了。」她動手把手機取下，隨手放進口袋裡，調整著自拍棒的長度。

林詩倪買的這支自拍棒材質很好，握起來也順手，她在格鬥競技賽時，使用的武器就是棍棒，自拍棒絕對是絕佳武器。

毛穎德盯著上頭的洞口趨前，小狐沒有留下太多東西，但是在浴缸外緣的地上，他踩到了髮夾。

「這是妮潔的……是她的！」當他們拿髮夾給跪坐在玄關的小狸看時，她臉色整個發青，「她今天夾著的！」

「是謝妮潔帶走小狐嗎？」陳奕齊做了大膽的假設。

小狸聞言，全身開始發抖，「不不，我不要！謝妮潔，別帶我走！」

「也有可能是刻意掉下來，引起小狐注意。」夏玄允抱持不同看法，「椅子都搬到門口了，那個方向是小狐抱著走出的方向，林詩倪不是也有聽過東西掉在衣櫃裡的聲音嗎？」

「如果小狐聽見，就會回頭去看的。」郭岳洋表示同意，「這個家裡，不也都一直掉落『前人』的飾品？」

戒指、手鍊、項鍊……幾乎都是失蹤者失蹤時身上的東西。

「我真的要走了，對不起對不起！」小狸不停地磕頭，「我願意幫你們其他的忙，就是不要再讓我待在這裡了！」

「讓她走吧！」陳奕齊聽得出來她很害怕，相當不忍，「她待在這裡用處也不大對吧？」

的確，而且小狐才剛被帶走，說不定小狸也是目標之一？毛穎德點點頭，反正夏天他們根本不在乎她在不在。「走吧！妳要是願意的話就去找林詩倪，看能不能幫什麼忙。」

「我會的！一定會！」小狸邊點頭，一邊坐在木板地上穿鞋，但是因爲她慌張不已，連簡單的把腳套進鞋子都套不好！

她發抖又啜泣，整個人都在抖，好不容易穿好鞋，扶著一旁的置物櫃勉強站起來。

「我們保持電話暢通，那個……」她回頭嚥了一口口水，「小狐跟謝妮潔，就拜託你們了！」

唉，她不是很想被拜託，但是明知道有兩個人在這間屋子裡失蹤，小狐還近在咫尺，馮千靜實在沒辦法撒手不管。

當初她當餌，被「樓下的男人」帶走時，每個女孩都還有二十四小時的時間返回這個世界，如果隙間女也把這些女孩帶到某個縫隙空間的話，說不定在二十四小時內，每個人都有救。

必須把握黃金救援期！

「小心點！」陳奕齊身爲老師，不忘關心交代。

小狸點著頭，才正首，卻看見了她左手扶著的置物櫃後面，有一隻咕溜溜轉的眼睛正在看著……她？

電光石火間，後頭伸出一隻手抓住了她扶在櫃子上的手——「哇啊！」

冰冷的手抓住她的手，直接往那根本只有五公分寬的縫隙裡拖！最近的郭岳洋即刻衝上去，小狸已經快被拖進裡面了，他飛快的抓住她的左手，使勁往外拉！夏玄允從後面跟來，環住小狸的身子，也往後扯著。

兩個男生的力量有點用處，至少小狸的手被拉出來了！

但是，那雙蒼白骨感的手，依然緊緊抓著小狸不放，陳奕齊驚訝的上前幫忙，無論如何都不能讓小狸在他們眼前被拖走！

「居然眞的是從後面那個縫隙！」毛穎德直覺得不可思議，那只有五公分啊！「快把她拉出來！」

他鑽過小狸身邊，做好心理準備後，竟直接握住了那隻詭異的手，隙間女……無論如何得要拉出一個！

「杜家慈在哪裡？謝妮潔跟小狐呢？」陳奕齊已經大吼了，「爲什麼要帶走她們？還給我！」

力量好大……拽著隙間女的手毛穎德覺得詭異，聽著置物櫃後面的聲音，感覺不只一個人啊，他們在外面接力，裡面也是嗎？

突然間，從後頭竟伸出另一隻手，反攫住毛穎德的手！

而且幾乎只有一秒，毛穎德被強大的力量往裡拖，若不是他眼明手快用腳抵住置物櫃，眼看著就要撞上了。

「走開！」後面傳來叫聲，馮千靜手持自拍棒來到小狸身後，拉長自拍棒後，直接拿尖端處，往隙間女的手骨上使勁砸去！

一下、兩下、再一次，那聲音讓小狸跟陳奕齊都嚇呆了，他們好像都聽見……骨頭被敲碎的聲音！

『嗚……』哭聲終於傳來，『比較……好……』

接著，抓著小狸的手鬆開，讓正用力的大家因爲反作用力紛紛向後倒去！這恰好給了馮千靜一個空間，她將自拍棒壓短到最好施力的位子，再度狠狠的往抓著毛穎德的那隻手刺去！

「撐住啊！拉出來一點，我打不到她！」馮千靜邊喊，一邊協助毛穎德往後扯。

毛穎德咬著牙，眼睛往旁邊瞟，「喂，幫忙啊！」

夏玄允聞言趕緊爬起，與郭岳洋一塊兒拉著毛穎德的身子向後，馮千靜忽然側了首，瞇起雙眼，這樣子不是辦法，現在毛穎德的手在縫隙裡，是他們佔下風……哼！

她俐落的把自拍桿迅速拉到最長，居然放棄攻擊抓握毛穎德的那隻手，而是上前一步，以近乎貼牆的方式，橫著把自拍棒送進窄小的縫隙裡……呃，更正一下，不是「送」進，是「刺」進。

『哇啊——』慘叫聲於焉傳來，馮千靜手感也明確的感覺到刺到東西了！

對方力道瞬間一鬆，毛穎德立時向後一倒，馮千靜握緊自拍桿，開始從上到下亂刺亂打，而且還是使勁的攻擊！

一時間置物櫃後咚咚咚咚聲響，郭岳洋翻身而起，立刻衝去打開置物櫃。

「把櫃子全部打開，就不信逮不到她們！」毛穎德向後彈撞上門後方的牆，趕緊大喊著。

陳奕齊跟夏玄允都衝上前去打開櫃子，驚訝的發現櫃子後的層板眞的在震動。

「往哪裡逃！妳往……」終於戳不到東西了，馮千靜即刻拉出自拍棒，知道置物櫃後的人已經離開了，再戳也沒用！

毛穎德直接往臥室奔去，置物櫃跟衣櫃是連接的……

砰砰砰，天花板立時傳來了聲響，這次馮千靜毫不遲疑，拿著自趴棒就往天花板刺去，一塊兩塊，能拆一塊是一塊！她追著聲音刺，但是上頭的東西爬的速度極快，她無論如何都追不到。

陳奕齊看著一屋子的混亂，也已經不想管太多了，他衝進廚房拿出菜刀，望著置物櫃微微顫著身子，沒關係……大不了就賠錢、大不了再重新做一個櫃子還給房東先生，杜家慈跟學生更要緊啊！

「拆！能拆都拆掉！」毛穎德一邊喊著，同時衝到陽台抓過掃把，協助馮千靜一塊兒拆天花板。

「盡量不要傷害隙間女喔！」夏玄允還在交代，一邊往廚房去拿過其他的刀具，一塊兒拆置物櫃。

「對啊，有話好說！」郭岳洋深表同意，留心到縮在門後的小狸，「妳快走吧，等等白熱化就麻煩了。」

「好……好……」她緊絞著自己的手，「要接手機喔！」

「嗯！」郭岳洋還衝著她微笑，「加油！」

加什麼油啊！小狸護著自已的左手，一分鐘前，她差一點點就要跟小狐、妮潔一樣被拖走了啊！

那個櫃子跟牆壁不是只有五公分距離嗎!?怎麼拖得進去!?

她驚恐的奪門而出，兩隻腳因爲顫抖個不停難以行動，淚水不停湧出，明明上午還一起上課的同學，為什麼只剩下她一個而已！

喀——隔壁的門突然打開了，女人皺著眉看向小狸。

「喂，同學！」

「呀——」小狸現在是驚弓之鳥，嚇得跳起來，轉身後連連後退！

老師家右邊緊臨的鄰居，居然是個身材婀娜的女人，身上還穿著套裝，「叫這麼大聲，嚇死我了……那個，你們在幹嘛？」

「我們……」小狸眼神心虛的撇向老師家，她不能說實話，「我們在排練畢業典禮的活動。」

「嗄？這麼激烈？」女人轉向陳奕齊家的方向，「也太吵了吧！這樣子打擾到別人了耶！」

「對不起，再一下下。」小狸幫忙求情，「現在是白天，晚上時我們一定會安靜的。」

「唉！」女人重重嘆了口氣，「但是我要休息啊！算了！」

這個隔壁，這身衣服……啊！小狸想起來了，老師說過，隔壁住的是空姐！

「您是空姐嗎？剛回來？」在空姐要關門時，小狸突然衝上前問了。

門遲疑了一下，空姐再度把門拉開，「是，怎麼了嗎？」

「請問妳在這邊住多久了？妳知道……」小狸頓了頓，「上一個住戶的事嗎？」

門縫的空間露出詫異的眼神，她瞪圓雙眼，旋即又別開，「我以爲……老師知道的。」

「我們不知道！拜託，妳認識嗎，上一個好像叫、叫陳、陳……」陳什麼啊！她哪記得啊！

「陳芷萱。」空姐垂下眼睫，「我知道她，雖然我不在家，但是我在這裡五年了，之前住戶的狀況我大概——啊！」

她吃驚的望著小狸，接著立刻往老師家瞟去。

空姐知道了！小狸嚥了一口口水，她不該露餡，「那個沒事！眞的沒事，請您不要想歪了，我們是想知道……」

「什麼叫想歪？」空姐瞇起眼，「又有人失蹤了？」

「不……我……啊！」不要說謊，遲早都會有人會知道的！「老師的女友不見了，我們正在找她！」

空姐擰眉，耳邊傳來乒乒乓乓拆房子的聲響，「在家裡找？」

小狸僵硬抿嘴，她不知道該怎麼回。

「我想請問您認識哪幾位過去的住客，是否知道些什麼事……」小狸急著想幫大家找線索，尤其小狐……

空姐有點遲疑，嘆了口氣，「唉，我覺得是找不到的。」

「咦？爲什麼？」她激動的趨前，「您……看見過嗎？」

空姐抿著唇，終於點了點頭。

「我之前就跟你們老師提過了，事情是……」

在一陣乒乓匡啷的巨響之後，陳奕齊精疲力盡的坐在沙發扶手上稍喘著，聽著臥室裡頭的甘蔗板砰磅落地聲，心頭又是一緊。

抬起頭，他家天花板已經全被拆掉了，一塊塊甘蔗板都已經掉落，夏玄允跟郭岳洋還很細心的爲他把甘蔗板收集起來，沒有破損的話，未來還可以再裝回去；而馮千靜跟毛穎德體力相當好，拆房子幾乎都是他們在做，夏玄允他們兩個負責善後跟細部工作。

例如，馮千靜開始在拆置物櫃前的天花板時，郭岳洋就問他要了報紙或塑膠袋，把茶几跟沙發蓋好，說這樣才不會髒；夏玄允則打開置物櫃，小心翼翼的把裡面的東西都搬出來，堆在某個角落。

不一會兒，毛穎德拿著刀子開始劈開置物櫃後的薄木板，每劈一刀，他就覺得膽顫心驚，好怕後面眞有人，眞的有……家慈。

五公分的縫隙怎麼藏得了人？他今天之前都這麼想，但是剛剛看見意圖拽扯小狸進去的狀況後，他可以百分之百肯定那五公分的縫隙，絕對可以藏人，還不只一個。

她們在窄小的縫隙中奔跑、拉人，被馮千靜以自拍棒戳刺時更是慌張的從置物櫃一路往衣櫃去。

所以，他衣櫃裡的衣服也全部被搬出來，兩個可愛的男孩一樣堆放整齊，接著由他親自拆開了那些木板。

衣櫃後的木板眞的很薄，他每扳開一塊都戰戰兢兢的，馮千靜或毛穎德在附近看著，他們說一定要有人在，以防被帶走。

只是現在整個屋子滿目瘡痍，空蕩蕩的天花板只剩格狀木條，置物櫃及衣櫃後的木板也破損殘破，就是沒有任何一個隙間女的身影；兩間浴室上方的天花板是整塊木板，沒有辦法拆除，但是他們把活板門移走，再度使用自拍棒上去攝影，也沒有人影。

櫥櫃也已經全數打開，櫃子底下是實心瓷磚牆，沒有什麼縫隙可以鑽動。

「我眞不懂，人呢？」馮千靜沒好氣的問著，累死了，「老師，我可以喝飲料嗎？」

「啊！當然可以！」剛剛爲謝妮潔買的飲料，現在倒是派上用場了。

郭岳洋趕緊進廚房洗手，順便帶出五個杯子，夏玄允則清理餐桌，至少讓大家有地方坐。

「我來，你們兩個快想！」毛穎德接過杯子，他對都市傳說不懂也不想懂，「到底隙間女會躲在哪裡？我們都快把這間屋子拆了。」

郭岳洋頷首，挪了個位子，把自己的紀錄本拿出來。

馮千靜才扭開蓋子，毛穎德就接過了大罐飲料，輕壓著她肩要她坐下，她幾乎負責了所有天花板的拆除，高舉的手再久也會痠。

陳奕齊緩步走了過來，無力的拉開椅子坐下，毛穎德適時送上一杯。

「如果五公分的縫隙都能塞人，那她們可以到更小的地方吧？」夏玄允一直打量著這些洞，「水管、小洞，能潛藏的地方她們都能跑。」

陳奕齊喝了一口，緊握著杯子，「你們知道嗎……如果能在五公分的縫隙裡自由活動，那、那是不是已經不算是人了？」

毛穎德將飲料遞給馮千靜，他們刻意迴避老師的問題，這個答案他們都有心理準備了。

「老師，那可能已經是都市傳說了。」一旁的郭岳洋溫聲的開口，「不是人，但也不算是鬼，只怕成了傳說的一部分。」

陳奕齊望著郭岳洋，緊抿著唇忍不住鼻酸，壓抑淚水的顫抖，任誰都不該去打攪他！因爲老師也該要開始思考到這一層了，杜家慈失蹤已久，只怕已經來不及了。

毛穎德動手撥掉馮千靜髮上的灰塵與木屑，有些吃力的坐了下來，下意識撫上左肩，他總覺得隱隱作痛。

「又不舒服？」馮千靜一眼便知，「我不是說過天花板都我來負責！」

他擰眉，「我用的是右手。」左手應該不妨事，但就是越來越痛。

「找時間我帶你回家給師父看看。」馮千靜說著，「你可能要認眞看好，復健一下。」

唉，毛穎德對左肩的痛束手無策，說實在的是不傷及筋骨的皮肉傷，爲什麼會數個月還無法痊癒。

他的手有些發冷，因爲處在這充斥著都市傳說的世界裡，人當然不會太舒爽；每戳下一個甘蔗板，除了小強雨之外，跟著會落下更多細小的黑色石子；每劈開一道木板，也會有小石子迸射而出。

這個屋子每一個角落，都是都市傳說。

夏玄允抱著杯子，一直仰視著天花板，他左右張望，總覺得哪裡不對勁。

驀地LINE電話響起，嚇得他差點打翻手裡的杯子，所有人緊張的看過去，夏玄允一瞥螢幕，「是林詩倪！」

他趕緊走回餐桌，把手機擱在桌上開啓擴音。

「我們都在。」夏玄允回著，一旁的郭岳洋飛快的在本子上方寫字。

——不要讓他們知道小狐的事——

大家看著紙條紛紛點頭，這是爲了不要造成林詩倪的驚慌吧。

『我們下午跑了好些地方，章警官跟我們說有的家屬已經不想被打擾了，有人不想再提起過去，所以只給我們幾個電話，都是經過家屬同意的。』林詩倪說著，通訊有點不太順，『我們聯繫到的很多都認爲我們是詐騙，不過有個叫黃旭泰的，他聽見老師的事情時很激動，他說要去找你們喔！』

「找我們？」陳奕齊一怔，「妳告訴他地址了？」

「老師，不必講吧！」毛穎德拍拍他，「都在這裡失蹤的……」

任誰都很難忘記這地址吧！

「那個黃旭泰是誰的誰呢？」郭岳洋問著，翻開失蹤列表，上頭其實幾乎都是空格。

『他失蹤的是太太，叫董敏，好像是陳芷萱上一個住客。』阿杰接著說，『五年前的事了，太太失蹤後，他說他租了那間空屋又一年，想等太太回來，結果房東先生後來不租他了，說留著空屋是不是在裡面搞不法交易。』

噢，大家莞爾，這的確有點嫌疑，否則誰要花大錢養間空屋？

郭岳洋在陳芷萱的下面寫上董敏兩個字，旁邊填上丈夫：黃旭泰。

「所以等等有人會來……」陳奕齊有些緊張，「要怎麼跟他解釋現在的情況？」

「照實說囉，不管他接不接受。」夏玄允倒是自信滿滿，「反正你是現在的屋主，不要怕。」

「可能會以爲我瘋了吧！」陳奕齊冷笑著，淚水默默滑下臉龐。

馮千靜見狀有點難受，老師的精神已逼到極致，失蹤的女友跟隙間女的存在，都叫人難以承受吧。

「我如果是杜家慈，」馮千靜開了口，「有個男人爲了找我而如此瘋狂，我會覺得很感恩。」

感恩世界上有個人，這麼的愛她。

哇塞！對面的郭岳洋立刻以崇拜的神情望著她，夏玄允則是以一種吃驚的神情，沒想到小靜會說出這麼安慰人的話呢。

毛穎德微微轉向馮千靜，望著她堅毅的側臉，凝視著老師的眼神多麼閃耀，他終於明白爲什麼郭岳洋會這麼迷戀身爲格鬥者的「小靜」，就因爲她散發出的這種堅韌的光芒吧。

『喂喂？』林詩倪在那頭喊著，『大家還在嗎？』

「在！」夏玄允趕緊應聲。

『然後我們剛剛聯繫江冠寧跟陳芷萱的姊姊，他們也要立刻過去了喔！』林詩倪一頓，『他們很積極，而且還說老師爲什麼不找他們幫忙，有點不高興！』

陳奕齊一怔，「我、我倒是沒想到他們。」

又不是很熟，而且同是受害者親人，他總覺得一提起陳芷萱的事，有些像是在人家傷口上灑鹽。

『下午狀況怎麼樣？有找到人嗎？』阿杰倒是很好奇。

「有！有喔！」提起這個夏玄允就興奮了，「我們在置物櫃後面有隙間女想要拉小狸進去，五公分那麼扁的地方都可以藏人耶！」

怕他講得太興奮，毛穎德一把搶過郭岳洋的本子，指著剛剛他寫的字——不要讓他們知道小狐失蹤——

『五公分？』阿杰顯得很驚訝，『認眞的嗎？置物櫃木板離牆壁五公分距離？那怎麼可能塞人？』

「所以那才叫都市傳說啊！」夏玄允跟郭岳洋又是異口同聲，說完兩個人還開心的對望一眼，互相擊掌。

唉，毛穎德一臉沒藥醫的模樣，湊近了手機。

「剩下的事麻煩，房東應該快回來了！」毛穎德交代著，「其他的家屬如果想要過來的請他們暫時不要來，我覺得人多麻煩，就問問他們狀況即可。」

『好，我們知道了。』林詩倪肯定的說，『希望你們能快點找到隙間女，找到謝妮潔。』

「希望。」毛穎德其實心裡有很不好的預感。

『那我們要走了，先這樣喔！大家請小心。』阿杰接口，『夏天要記得拍下紀錄照！』他覺得這句是多餘的，但還是很期待。

「那有什麼問題！我可是逐步紀錄呢！」

再說沒兩句，阿杰他們就掛掉電話了，毛穎德覺得現在進入一個死胡同，找不到隙間女，就沒有答案。

只是才坐回椅子，卻注意到身邊的馮千靜，正回頭看向臥室的方向。

「怎麼嗎？」他得回頭四十度，才能見著臥室的門。

「她們還在。」馮千靜托著腮，幽幽的說著。

咦？餐桌上的每個人都看向她，「她們」指的是隙間女嗎？

「爲什麼……」陳奕齊嚥了一口口水，「知道？」

「視線刺人。」馮千靜倒也不拐彎抹角，直接起了身，終於摘下了眼鏡，「這麼直勾勾盯著我瞧，還以爲我會不好意思呢！」

不會不會，夏玄允轉著眼珠跟郭岳洋對望，小靜怎麼可能不好意思！

離位的馮千靜順手帶走了擱在桌上的自拍棒，那現在已經變成她的防身武器，郭岳洋倒是很雀躍，因爲小靜的武器原本就是棍棒嘛！

「喂！」毛穎德伸手壓住她的肩膀，「不要貿然進去。」

「幫我留意。」馮千靜不太可能聽，她緩緩的走進臥室，就站在門口，不靠近敞開的衣櫃，而毛穎德則仰頭留意天花板的空格。

說實在的，拆成這樣的天花板，隙間女眞要藏身還有點難。

「視線從哪邊來？」夏玄允好奇的跟在後面。

「在……」馮千靜環顧著四周，靜下心感受到威脅的視線，終於伸手指向了斜前方。

床頭櫃與鏡子的方向。

毛穎德瞇起眼，這道視線不是第一次從這裡來，馮千靜已經好幾次感受到強烈的視線來自後面那道牆。

「老師，」毛穎德即刻回首，「你們床頭櫃後有什麼隔間嗎？」

「怎麼可能!?你敲敲。」陳奕齊搖搖頭，撥開他們往裡走，直往牆壁敲去。實實磚牆聲，不是木板，也沒有隔層。

「磚牆也不代表就沒夾層吧？」夏玄允提出疑慮，「有一個傳說是說兩戶人家中間，夾了一個窄小的屋子……」

「兩戶……」陳奕齊詫異的看向床頭櫃後的牆，「你是說我跟隔壁的中間還能藏空間？」

「這不是不可能，你們誰也無法丈量屋子眞正的寬度。」毛穎德沉吟著，「要隔出一個人的空間很容易，更別說是一些連五公分隙縫都能存在的隙間女了。」

「問題是爲什麼要隔那樣的夾層？」馮千靜沒好氣的問著，正前方的鏡子映照著她的模樣，「房東偷窺用的嗎？」

「不一定是房東啊！」郭岳洋抱持不同看法，「說不定是某任屋主？我眞的在這裡砌一道牆，粉刷好，把所有傢俱擺回去，連房東都看不出來。」

對啊，如果只是一個的人寬度，還眞的不會知道……陳奕齊皺起眉，思考著這個可能性。

「而且別忘兩邊的鄰居根本不常在家，這樣重砌一道牆的並不需要花多少時間，也不一定有人會發現。」陳奕齊喃喃說著。

「只是如果往這個方向去推敲的話……」毛穎德挑了挑眉，「事情就會變得複雜很多。」

例如，爲什麼要砌這道牆？

「你們說的像是裡面藏了具屍體一樣。」馮千靜直接說出大家的臆測，「某人殺了人，把她埋進裡面，所以隙間女就誕生了？」

「不是吧，我們這是都市傳說耶！」夏玄允立刻強烈反對，「隙間女才不是鬼呢，不一樣！」

「而且如果眞的埋了人，屍水會滲出牆壁的。」陳奕齊笑了笑，馮千靜的想法太直接草率了，「牆再密，也是有毛細孔，會透風的！」

「但如果是個空間就不一定了吧？」夏玄允再提出疑問。

所有人緊張的吸口氣，兩戶人家中間的隔間這個說法，的確值得參考，尤其對馮千靜而言，視線確實是從那邊來的。

問題是，可以拆掉牆嗎？這跟拆木板或是甘蔗板不同，那可是水泥牆呢！

叮——靜默之際，電鈴聲忽然大作，唯一的女孩沒尖叫，郭岳洋跟夏玄允反而大叫還抱在一起。

「大概是江冠寧他們來了。」陳奕齊說著，趕緊往客廳去。

馮千靜看著門外一臉驚恐的兩個男生，忍不住笑了起來，「就你們這樣要跟隙間女合照喔？」

她戳了他們倆的頭，搖著頭往外頭走去。

「我們只是突然被嚇到而已！」郭岳洋趕緊解釋，「如果可以找隙間女合照，還是要把握！」

「對！」夏玄允搔了搔頭，「拜託突然這麼大聲誰不怕啊！」

所有人往客廳走，馮千靜還是不安的回首，視線沒有稍減，就連剛剛他們在那裡討論時，她還是被注視著。

「還在看嗎？」毛穎德低聲問著。

「嗯，很強烈又執著，你們都沒感覺？」她好奇的問，得到搖頭的否定，「好像衝著我來啊！」

「因爲妳是女的嗎？」毛穎德只能這樣猜。

「或許吧，也說不定是因爲我感應得到。」她聳肩，「你不覺得所有感應到的都被帶走了嗎？」

「嗯……謝妮潔怎麼說？」毛穎德提出反證，「據小狐狸們說，她好像沒在怕！」

是啊，這倒是一個特例。

「就當作女的吧，至少我感受得到。」她勾起微笑，「我不喜歡處於挨打的份。」

毛穎德深吸了一口氣，又重重的吐出，「這不是在擂台上，小靜。」

「那她就不該挑釁。」她勾起笑容，驀地微踮起腳尖，勾勾手指讓毛穎德俯頸，附耳密語幾句。

她是小靜，在擂台上，就不可能認輸！

第十章 意外的訪客

其他人都來到門口，因爲突然到訪三個人，一時間變得熱鬧，江冠寧跟姊姊之前就見過了，但是後面那位黃旭泰卻是第一次來。

黃旭泰是個中年男子，灰白頭髮與鬍子，目測只怕超過四十五歲以上，黑眼圈很深，給人一種很操勞的感覺。

「您好，我是陳奕齊，現任租屋者。」陳奕齊立刻跟黃旭泰打招呼。

「我是黃旭泰，我……我太太在這裡失蹤的。」黃旭泰開口，聲音沙啞低沉，還帶了點悲傷，「大概是四、五年前的事了。」

「我知道，我學生跟您聯繫後有跟我說，叫董敏吧？」陳奕齊也直接說了，順便介紹，「這位是江冠寧先生，這是陳小姐，上一個失蹤女孩的姊姊。」

「我們在樓下遇到的。」江冠寧解釋，「我跟姊姊走在後頭，因爲你學生有跟我們提到黃先生，姊姊看見前面的身影，就說問問看是不是。」

結果還眞的是，現在有種受害者家屬聚會的感覺。

「我也不廢話，我想請問……是有關於我太太的下落嗎？」黃旭泰開門見山，「我聽那女孩說，您的妻子也……」

「是我女朋友，我們才剛搬進來兩個星期。」陳奕齊稍微簡單解釋一下來龍去脈，幾個人聽著，眉頭越皺越緊。

看來每個人失蹤的另一半，都曾有一樣的情況，不安的被窺視感，覺得有人裝針孔，然後變得神經敏感，草木皆兵，睡不穩當，生活不順，也歷經過吵架，最後消失無蹤。

姊姊看著一屋子的凌亂，顯得相當詫異，抬頭看格狀的天花板，困惑不已，「這是……怎麼回事？拆房子嗎？」

「啊，是的，因為我們找到蛛絲馬跡。」陳奕齊說得很痛苦，要他講出都市傳說的事情，他怎麼樣都覺得不科學。

但是再不科學，他還是親眼看見了啊！

毛穎德立刻推了夏玄允上前，這時候就是他們兩個出馬的時候啊！「都市傳說社」的公關宣傳不是他最熱衷的？

被推了踉蹌向前，是夏玄允始料未及的事，他又驚又尷尬的回頭瞄著毛穎德，無聲的吶喊在空中傳開，為什麼要推我出來～

「嗨。」夏玄允微笑著，用迷人的可愛模樣再度欺騙世人，「大家好，我是陳老師的學生，都市傳說社的社長。」

「我是公……關。」郭岳洋趕緊上前，好兄弟應該要一起。

黃旭泰用很不明白的眼神望著他們，江冠寧之前就見過他們，但是沒聽過什麼……「都市傳說社」？

「都市傳說？」姊姊像是聽過似的，「爲什麼強調這點？」

「喔，我希望大家撇開正常的想法或是科學角度，因爲只怕所有的事件都跟都市傳說有關。」夏玄允完全不鋪陳，「這屋子裡有隙間女，她們把人帶走了。」

氣氛在刹那間凍結，大人們用一種「你在說什麼東西」的眼神看著說得燦爛的男孩，但是沒有一個有辦法做出反應，似乎大腦還在消化這荒唐的事。

所以，陳奕齊嘆口氣後，說出了剛剛有學生遇難，合力搶救下來的過程，也親眼看見了隙間女的存在。

「這裡？」黃旭泰不可思議的來到門邊，看看置物櫃後面的縫隙，「陳老師，你在開玩笑吧？這種空間裡有人能躲著？還能伸出手拉走你學生？」

「很遺憾，在我親眼看見前我也是這麼想。」陳奕齊搖搖頭，「但我見到了，我現在只想趕快找到隙間女，把我女友、我兩個學生帶回來。」

江冠寧倏地看看向他，「兩個學生？等等，怎麼會多這麼多人？」

「今天下午一口氣又失蹤了兩個。」郭岳洋比出個二，「一個在外頭廁所，一個在裡面的廁所，我們都來不及。」

「直到第三個差點被拉走時我們才看到。」夏玄允點點頭，「所以，黃先生，你太太是在哪裡被帶走的？」

黃旭泰直起身子，完全錯愕，「我、我不知道啊！沒有任何掙扎痕跡，我甚至不知道她是什麼時候不見的！」

董敏失蹤時，黃旭泰就在屋內，他在臥室睡覺，一覺起來本以為妻子是外出買東西，只是沒有再回來過，查看鞋子才發現一切東西都在屋內。

「完全沒有線索嗎？像老師的女友失蹤時正在講電話，手機就落在外頭……」夏玄允說到這兒，忽然停了下來，「手機……手機啊……」

五年前失蹤的董敏，還不是智慧型手機的時代，但是現在謝妮潔失蹤前能拍下那隻手，杜家慈呢？

「老師！你女友的手機呢？」夏玄允忽然轉向他，「你打開看過了？」

「我……我……」陳奕齊愣住了，「我撿起來時就是關機狀態了，警方也檢視過了……」

「在哪裡？」郭岳洋完全明白夏玄允在說什麼。

「在臥室！她的床頭櫃那邊。」陳奕齊丈二金剛摸不著頭腦，他不明白這些學生的思維。

黃昏已至，外頭開始變暗，毛穎德打開燈要他們小心，陳奕齊在抽屜裡找到了關機的手機，警方昨天下午打開過，電量只剩一點點；所以夏玄允飛快的拿出自己的充電線予以充電，焦急的等待開機。

「警方查過了，夏玄允。」陳奕齊殷切的說著，不希望他們浪費時間在無用的證據上頭。

「警方是用找跡證的角度找的，確定你跟杜家慈有通電話！」夏玄允劃滿微笑，「我們是用找都市傳說的角度找的，不一樣喔！」

是是是，不一樣！毛穎德完全無奈，反正夏天他們會做出什麼驚人之舉他都不意外了。

「你們是不是瘋了啊？」終於有人出聲，黃旭泰緊皺著眉看著陳奕齊，「都市傳說？好好的失蹤案，你要去找的是凶手、是綁架犯，你找什麼都市傳說？」

陳奕齊無力的看著黃旭泰，眼底盈滿悲傷，他知道很難能讓人盡信，所以他也不想多做解釋。

「你們說的話好奇怪，好像是有個躲在這個屋子裡的人，帶走了我妹妹？」姊姊也處於震驚當中，「為什麼要帶走她？帶走她要做什麼？她人呢？」

「都市傳說是無法解釋的，或許因為妳妹妹是女生，或許因為妳妹妹感應得到！」郭岳洋禮貌的回應，「我們還抓不到共同點。」

「是女生這點可以刪除。」江冠寧突然出聲，「因為芷萱失蹤後，有另一個女孩子進來住短期，她是安然無恙的。」

咦？馮千靜瞟了過去。

「是的，我太太失蹤後，我租下屋子一年，直到房東不願讓我續租，下一個住客也是女生，住了一年也完全沒事。」黃旭泰解釋著，「我會知道，是因為我有跟那個女孩聯繫，如果我太太回來麻煩她跟我說，不過這件事好像反而嚇到她，害她換了鎖。」

誰都會換吧！似乎在說某個住在這兒的人失蹤，但前房客鐵定有鑰匙嘛。

「那都是女性這條可以劃掉……感應得到才會被帶走也可以劃掉……」郭岳洋在本子上劃線，「這樣能找到的原因就更少了。」

江冠寧抬起頭，開始在屋子裡梭巡，「你們連櫃子都劈開了，是為了逼出什麼縫隙女嗎？」

「她們叫隙間女！」夏玄允更正著，期待的看著開機的畫面。

「好，她們……」江冠寧瞠目結舌，「等等，什麼叫她們？不只一個人？」

所有人不約而同的搖搖頭，「不只，在天花板縫隙裡爬行，聲音很大，在櫃子後面一路跑到臥室衣櫃，絕對不只一人。」

「我的天哪！」黃旭泰隻手擊上前額，「越說越眞有這回事了！天花板就算了，櫃子後的空間連我一隻手都塞不進去！」

「那當然，你是人啊！」郭岳洋說得輕快，「她們可是隙間女呢！」

說得如此輕鬆，說得如此自然，這反而讓黃旭泰打了個寒顫。

手機開機了，夏玄允興奮的看著手機畫面，開始尋找線索，杜家慈失蹤前的電話，喔喔。

「她有裝錄音程式你知道嗎？」夏玄允問著陳奕齊。

「錄音？我、我不知道！」陳奕齊有點不解，「無緣無故她裝錄音程式做什麼？」

「有時候我們是爲了錄某些重要的電話，例如線上保險進行或信用卡什麼的，求個憑證。」夏天找到了音訊部分，「不過都是有需要才會錄，否則誰會裝這種佔記憶體的錄音APP！」

郭岳洋看見失蹤那天的日期，伸手就點了一下，「這個。」

『嗯，我覺得好像有——哇呀呀呀——』杜家慈的尖叫聲再度重複，只是讓陳奕齊心痛，他永遠忘不了電話那頭的尖叫聲，以及在遠處的無力。

江冠寧微微發抖，想著他的芷萱失蹤前遇到了什麼？是否也曾這樣驚恐的尖叫著。

郭岳洋蹙眉指著手機的時間，「還有一分鐘，老師，你什麼時候掛上電話的？」

「我？」陳奕齊回想著，「她尖叫完後，電話就掛了……不，我沒切，我一直喂，然後我離開房間，坐電梯下樓。」

這一分鐘內，他在奔跑、在電梯裡，等到了地下室，就沒有聲音了。

所有人屏氣凝神，聽著安靜但未止的一分鐘，夏玄允把聲音量調到最大，大家可以聽見沙沙音、櫃子裡的撞擊聲，還有指甲刮過木板的聲音。

『嘶……』人聲突然傳了出來，『……比較幸福……嚓嚓，妳會比較……幸嚓嚓福……』

幽森的女人聲音傳來，說話有點含糊不清，但那不是杜家慈的聲音！陳奕齊立刻衝上前搶過手機來看，這是最後一通電話，但是他沒有聽過那個聲音！

「不不，我沒聽過這個！」他激動的搖著頭，「那不是家慈的聲音！」

夏玄允看向郭岳洋，他倒抽一口氣，抓起本子趕緊在上面紀錄！

事情跟大家想的不一樣嗎？夏玄允再看著通話時間，那天還有幾通電話，在老師打去前一通，是三個小時前。

「老師，這一通是你離家後還是前？」

「那個時候……我離開了。」回憶起自己扔下杜家慈，陳奕齊又是一陣難受。

「我點開喔！我想知道她跟誰說話。」夏玄允沒等陳奕齊點頭，就按了下去。

『喂，夠了沒！我說過我跟他沒有關係！不要再打來煩我了！』杜家慈一接起電話就很暴躁。

『喔喔，今天杜姊姊心情不好喔！妳不要妳心愛的小弟了喔！』

『閉嘴！他已經成年了，他做的事自己扛！』

『他怎麼扛？一百萬的債耶，妳不幫他還，他怎麼辦？』

『他自己處理……我不可能永遠幫他擦屁股！我也有我的人生要過！』

『好吧，既然妳怎麼狠心，那我們也沒辦法了！唉，只好先拖去賣器官了，還不知道能不能給我賺回本咧！』

『賣……賣器官!?等一下！』杜家慈的聲線激動，『你們這是違法的吧！』

『我們本來就不是正派公司啊！拜託，杜姊姊，妳現在是在開什麼玩笑？心疼弟弟的話，就幫他還錢嘛！』

杜家慈的啜泣聲非常明顯，『我沒有一百萬……』

『妳不是有男朋友？我看那個老師不錯啊，你們最近還搬新家了不是？』

什麼？陳奕齊對這通電話吃驚萬分，他知道家慈有弟弟，但從不知道她弟弟欠債？而且債主還找上家慈？這就是她裝錄音APP的主因嗎？

『你怎麼知道！？這屋子不是他買的，我們是租的！等等，這跟奕齊沒有關係，你不要扯他！』

『好，不扯不相關的，我只要拿到錢！一個月後，還錢！』

『我……我盡量。』

後面就是約定與哭泣聲，接著電話便掛斷。

陳奕齊是最震驚的人了，他抱著頭瞠圓雙目，在旁邊來回踱步，「我知道她有弟弟，她跟我提過，但沒有說過她弟是怎麼樣的人！」

那不是重點吧？馮千靜皺眉，她覺得最後那通電話比較詭異一點，比較幸福是什麼意思？

「所以她不想結婚，她一直不想結婚就是因爲這個嗎？」陳奕齊已經進入自言自語的狀態，「她不想讓我知道她弟弟的狀況，會拖累她、拖累我們！」

江冠寧跟姊姊相互對看一眼，有些爲難，「陳老師，我知道你現在很難過，但是……我們應該把重點放在剛剛那句你沒聽過的聲音。」

「那是誰？」黃旭泰倒是提出不同見解，「既然是電話錄音，那就是老師身邊的人，小三嗎？」

唔……好讚的聯想，姊姊回頭睨了黃旭泰一眼，再轉回來。

「不是……我不知道是誰、是什麼意思!?」陳奕齊還在驚訝當中。

郭岳洋咬著筆桿，他的本子上都劃成了連連看，而夏玄允想再撥放最後一通電話，姊姊掩耳請他不要擴音，她好怕。

「我認爲沒有關係耶，如果最後的聲音不是老師的女朋友，是隙間女呢？」夏玄允突然說道，「她被帶走時正慘叫，然後是一堆碰撞聲與磨擦音，手機在衣櫃前撿到，又說洋裝被撕破……說不定還不是杜家慈撕的……她正在爲弟弟的事煩惱，又不敢跟你說。」

毛穎德聽得都頭痛了，到底在說什麼？

「隙間女認爲杜家慈不幸福。」郭岳洋驀地導出結論，「痛苦掙扎的她，又飽受偷窺之苦，那通電話雪上加霜，隙間女認爲帶走杜家慈，杜家慈會比較幸福嗎？」

「嗯。」夏玄允還在那邊用力點頭，讓所有人圓睜了大眼——這是哪門子得出的結論啊？

但是，如果這樣想，倒也不無道理？

唉，馮千靜重重嘆口氣，扭身往書房去，「我累，我去書房睇一下。」

「有位子嗎？」毛穎德問著。

「有，老師書房東西不多，我可以在椅子上歇會兒。」馮千靜說著，用力握了握毛穎德的手。

他不動聲色的點點頭，目送著她往書房去。

「她不會不幸福，我們在一起很愉快的！」陳奕齊果然發難。

「又不是我說的……」郭岳洋好無辜，指指手機，「裡面那個女人說的。」

「這是什麼意思？是說隙間女帶走不幸福的人？」江冠寧也不能接受，「我跟芷萱非常好，我們都要結婚了，她還跟我說過她是全世界最幸福的女人！」

噢噢，這句話掃到一堆男人了。

「我跟我太太雖然不是熱戀，但結婚多年，我可能沒她這麼能幹，但是我們一直過得很好！」黃旭泰也不甘示弱，「我們的家非常豪華，這兒只是因為離她公司近才租的套房，她每次回國我都會煮頓家常菜給她吃，她也都很高興啊！」

「那個……」兩個男孩趕緊緩頰，「我們只是推測、推測嘛！大家不要這麼緊張……」

又不是說，隙間女認為不幸福的女人都帶走是吧……中間不是有人安然無恙嗎？啊意思是說那個很幸福？

「謝妮潔跟小狐也不幸福嗎？」陳奕齊困惑的搖頭，「這不該是帶走她們的理由。」

「好了，別執著在這裡了，不管什麼理由，都得先找到隙間女再說！」毛穎德忍無可忍的上前打斷大家，「各位，不信不幫忙的話請先離開，我們還有事要忙，萬一隙間女突然出現，我們沒有辦法顧全大家。」

黃旭泰十分不悅的皺眉，「這什麼意思？我是不信你們說的什麼隙間女，但如果有人帶走我太太，我當然要待在這裡，一起找到那個人或我太太！」

「我不會走的。」江冠寧堅定無比，「需要我幫什麼忙？」

是啊，現在還有什麼忙可以幫呢？連夏玄允都覺得束手無策，他不知道該去哪裡找隙間女了！連櫃子都已劈開，一目瞭然的磚牆，哪兒有隙間女的影子？

「我想上天花板去看看。」

毛穎德語出驚人，讓所有人倒抽一口氣。

「毛毛，你在說什麼！？」夏玄允立即反對，上前拉住他，「你知道你在說什麼啊？爬上去跟在下面不一樣！」

黃旭泰抬頭，「怎麼爬？你們把板子都拆下來了。」

「踩著格子還是能爬，如果隙間女能在窄小縫隙裡鑽，我懷疑上面有更小的縫讓她們躲藏。」毛穎德肯定的說著，「不上去是看不見的，只是誰要跟我上去？」

呃……這下子沉默了，夏玄允跟郭岳洋兩個人手舉得很直，自告奮勇，但很遺憾的他們兩個立刻被駁回，這兩個上去只是成事不足敗事有餘！

「黃先生……」

聽著外面的聲音，闔眼休息的馮千靜輕笑著，她就知道嘴上說不相信，但實際要上天花板時，就沒有人願意了。

半瞇著眼，她都可以感受到扎人的視線從左手邊的立牆書櫃而來，那其實是個比人略高的書櫃，擺滿老師自己的書本，課外讀物跟教學用的參考書都有，他們當然查過這間，但是因爲書櫃背後就是廁所，中間很明顯不會有什麼夾層。

不過，她現在不這麼認爲，仔細思考所謂隙間女，任何可以稱得上「縫隙」的地方，她都可以存在吧？

馮千靜深吸了一口氣，癱坐在椅子上閉目養神，椅子明顯的靠近書櫃，總是要給人家一點點機會嘛……

靜下心，可以感受到更多，外面的談話聲已經影響不了她，她仔細聽著書櫃後的動靜，噠，有個阿朗基倒下，細微的磨擦音從櫃子後頭傳來。

視線依然緊盯著她，她甚至可以感受到壓力逼近，那像是在擂台被摺倒時，一時身體似乎不能動彈，但是即使趴在地上，還是可以感受到對手即將用下一招朝她壓制而來。

馮千靜冷不防的跳開眼皮，即刻對上一雙明亮的雙眼——扭曲的面容呈現在她面前，而完整的手正騰空而至。

呵……馮千靜劃上微笑，抓到了吧！

只是下一秒，隙間女啪的抓住她的手腕，直接就往書櫃後的隙縫拖進去——

「毛穎德！」

馮千靜放聲大喊，立即以腳抵住櫃子，同時把右手腕上早纏好的繩圈拉出線頭，朝著那纖細的手腕纏了上去，火速簡單兩個結，就可以讓她們兩個永不分離！

隙間女急忙的要把她往裡拉，馮千靜頑強抵抗，椅子滑動向後，她立刻摔落在地！

話說到一半的毛穎德立即回身衝進書房，他根本始終沒有離開書房門口，就爲了等這一刻！

砰磅推開半掩的門，就看見倒地的馮千靜，他二話不說來到她身後，從後架起她，雙手繞過她腋下，最穩當的施力點！夏玄允跟郭岳洋反應極快的跟上，看見馮千靜被勒紅的手腕，還有被繩子纏住的另一隻手！

「拉那隻手！」夏玄允大喊著，抓住繩圈，拽拉著那隻纖瘦的手！

書房不大無法容許太多人進來，陳奕齊他們只能站在門口乾焦急，便在郭岳洋的大喊下讓開，因為毛穎德正試圖把馮千靜往門外拖，製造更大的空間拉出隙間女！

『呀呀——呀——』終於聽見淒厲的叫聲，整個書櫃劇烈震動。

郭岳洋突然放棄幫忙拽拉隙間女的手，而是緩緩起身看著那道書櫃……老師的書櫃，沒有黏著牆啊！

他趕緊衝上前，大膽的抱住書櫃。

「洋洋！你小心！」夏玄允喊著，他太接近櫃子了！

書是很多，但是現在書櫃後有人，外頭有人拉扯，書櫃本身就已經往前傾斜了，郭岳洋不需要花多大的力氣，往前一扯，整排書櫃剎時向前倒了下來——

砰！

書櫃往前倒跟著撞上了書桌，所有的書噠啦噠啦落了一地，而書櫃後清楚的看見尖叫竄逃的身影——如果那能稱做人的話。

數道影子急速的往上逃進天花板裡，幾乎一眨眼就失去了蹤跡。

而被馮千靜緊緊纏住的那隻手的主人，因為失去了同伴的幫忙，以及抵住櫃子的阻力，整個人被拉了出來。

一個像是鰻魚般的人，在他們眼前浮動著。

一個應該是女孩的「人」，只有鰻魚般的扁平，她的五官全擠在側面，所有的骨頭均扭曲的塞在細細的扁狀條狀物裡，唯有那雙眼睛正常的轉著，分別鑲在兩面。

還有那雙維持原形的手，在原本應該是手臂的位子上，突兀的揮動著……繩圈勒得她的手腕很緊，她的手似乎可以伸縮大小變化，很輕易壓縮成細條，但因著馮千靜的繩結也能伸縮，她死命拉繩頭，只要隙間女一縮小手腕，她就拉得更緊，無論如何都能讓她被纏得死緊。

這就是可以在五公分縫隙中遊走的原因，這就是所謂的：隙間女。

『**啊啊——**』隙間女歇斯底里的掙扎著，馮千靜一時失神，感覺到隙間女的手快脫離繩圈，趕緊再以左手拉住繩結的末端，不讓她離開！

毛穎德趁機趕緊把馮千靜往後拖，直接拖出了書房，隙間女也跟著被拖出

來。

在場所有人瞠目，一句話都說不出來了，黃旭泰揉了好幾次眼，只差沒拿頭去撞牆，確定自己不是在做夢。

而江冠寧呆站在原地，下巴忍不住打顫，看著那扭曲蠕動的隙間女，空氣如海水，她在飄動著啊！

隙間女一被拖出來，就瞧見外頭的人們，驚恐的以左手遮住雙眼，面向牆壁，扭動得更加激烈，慘叫得更加難聽。

「大家小心，說不定有救援！」馮千靜還有空吼，「留意天花板跟所有縫隙！」

「我去拿塑膠袋把她裝起來！」陳奕齊急著要衝進廚房。

「等等——」江冠寧驀地大吼，「誰都不許動她！」

咦？什麼鬼？毛穎德簡直不可思議，現在是又一個都市傳說愛好者嗎？不能傷害都市傳說之類的鬼話又要現身了？

夏玄允跟郭岳洋自然深表同意，郭岳洋也已經準備好相機要側拍了呢！

「芷萱？」江冠寧竟然蹲了下來，對著隙間女喊著，「妳是芷萱對吧!?」

什麼!?

第十一章
隙間女

隙間女遮著雙眼，只是更激動的想要逃竄，他們位在書房與廚房間的門口，四處都有她可以離開的地方，尤其她簡直「身輕如燕」，不管是往上入天花板、或是往廚房裡鑽進櫥櫃下方都有可能！

『**嗚嗚嗚……**』她掩著臉，直接背對江冠寧，激動的哭泣著。

「在說什麼啊？她是芷萱？」姊姊完全不敢置信，「冠寧！你瘋了嗎？這根本不是人啊！」

「她是都市傳說！」夏玄允跟郭岳洋絕對的異口同聲，認眞糾正。

「她的手！我跟她一起出車禍時的疤！」江冠寧突然指著被馮千靜勒住那隻手上，有一條明顯的醜惡疤痕，「她爲此都穿長袖啊！」

咦？姊姊聞言，揪著江冠寧的衣服略微往前，接著狠狠倒抽一口氣，「芷萱？天哪！芷萱妳爲什麼變成這樣？」

「是因爲變成隙間女了嗎？」夏玄允即刻上前，親切客氣的詢問，「這樣子才可以在各種縫隙中遊走？」

『啊啊啊！』隙間女激動掙扎得更厲害，她拼命抽著手，馮千靜卻勒得更緊。制住十秒不能動是基本的準則！

「現在不是問這個的時候，杜家慈呢？謝妮潔跟小狐呢？」她厲聲喝著，毛穎德突然鬆開手，不客氣的上前拽下隙間女遮掩的手。

「我們要我們的朋友！」毛穎德不知道該怎麼扳過她那不屬於下巴的下巴，「人呢？」

隙間女眼珠子轉動的，咕溜咕溜，『來……不……及了……』因爲整個頭顱都壓扁，連嘴型都嘁了起來，說話根本含糊不清。

「什麼？」沒人聽清楚，但是身爲都市傳說的狂熱分子，夏玄允居然一聽就明白。

「她說來不及了。」夏玄允再趨前，「請問來不及是什麼意思？我同學剛剛才被帶走耶！可以放她回來嗎？」

『來……不……』隙間女顫抖著說，『拉進……去了……』

唔……毛穎德臉色有點難看，他的左手臂竟然在這時刺痛起來。

「拉進去就來不及了嗎？」夏玄允自顧自翻譯著，「她們都成爲隙間女了？」

陳芷萱點了點頭，開始扭動著身子，『走……走……』

「芷萱！」江冠寧意欲趨前，「妳看著我，告訴我怎麼樣才能恢復，告訴我怎樣妳才能回到我身邊？」

那是只有馮千靜才能看得到的角度，隙間女痛苦的緊閉著雙眼，淚水從眼眶

因著馮千靜手一鬆，陳芷萱的手就迅速的抽離繩圈，疾速想找地方逃逸！

「芷萱！」江冠寧大喊，急著想拉住她！

但身後的人更快，幾乎是以撲倒的姿態，及時拉住了那細瘦的手腕！

「芷萱！等等，我是姊姊啊！」姊姊哭喊著，「告訴我……錢、錢妳放到哪兒去了？」

什麼？這句吶喊讓整間屋子的人都傻住了，江冠寧詫異的看向右前方趴著的姊姊，錢？她在說什麼啊？

喔喔，夏玄允挑了眉，看來這當中還有祕密啊！但是他們沒辦法管陳芷萱，郭岳洋跟他都聚到毛穎德身邊，他平常一向健壯如牛，怎麼現在臉色這麼慘白？

「毛毛！怎麼了？」郭岳洋憂心的搖著他，毛穎德在馮千靜的攙扶下坐起來，背靠著身後的白牆喘著氣。

「好痛……熱……」

「什麼錢？姊姊，妳剛剛說那些是什麼意思？」江冠寧扳過姊姊的肩頭，爲什麼突然問這件事？

陳芷萱微側首，緩緩看向姊姊，護著毛穎德的馮千靜抬首看著她，那眼神複雜得無法解釋，帶著悲傷又帶著怒氣，只是可能因爲江冠寧的存在，讓她始終無法正式的回頭。

「求求妳！芷萱……我之前寄放在妳那邊的行李袋呢？妳拿到哪裡去了？我眞的很缺那筆錢啊！」這份執著讓姊姊緊拉著妹妹不放，「妳帶走了嗎？還是放到哪裡去了？」

陳芷萱再度背對了姊姊，看著眼前的白牆，只是搖搖頭。

馮千靜看在她眼中閃過一絲的厭惡，緊接著以背對之姿，反手指向了客廳的方向。

客廳？姊姊跟著回頭，手跟著一鬆，陳芷萱瞬間抽手，輕而易舉的脫離箝制，咻地掠過了馮千靜等四人，悠遊般的鑽進廚房下方的櫥櫃裡，速度快到誰都沒有辦法再抓住她。

基本上馮千靜他們也沒有心思在她身上，他們眼裡只看得見毛穎德痛苦的神情與冒者冷汗的身體。

「芷萱！等等！拜託妳留下來！」江冠寧大吼的追進廚房裡。

但是，陳芷萱只留下鍋碗瓢盆的碰撞聲後，就徹底消失了。

陳奕齊趕緊進廚房抽過抹布，再到餐桌邊的冰箱冷凍庫拿出冰袋，包裹後趕緊送到毛穎德身邊；他剛喊又痛又熱，是不是碰到什麼了？或許冰敷有點用處？

失去愛人蹤影的江冠寧氣急敗壞的衝出廚房，二話不說就拽過姊姊！

「錢是怎麼回事?什麼錢!?」

姊姊低首搖頭，淚水跟著滴下，「我不是故意的!但是我眞的很欠那筆錢，我本來託芷萱幫我保管一個行李袋，但是她失蹤後，我翻遍了整個家，都沒有再找到那個行李袋！」

夏玄允瞥了陳奕齊一眼，他雙手舉起呈投降狀，「我可沒這麼幸運找到錢。」

「所以這一年來，妳一直努力的陪我找她，是爲了找芷萱還是爲了找妳的錢?」江冠寧忍不住怒吼著，被迫接受未婚妻不會回來又變形的事實，他根本承受不了。

姊姊非常的驚訝，不客氣的推開了江冠寧，「她是我妹妹耶!我怎麼可能不擔心她!但我那袋錢消失也是事實，這麼多錢我也非常的重視!我一直在想，錢爲什麼會跟著她一起消失，我還一度認爲是她背叛了我，拿著我的錢跑了!丟下我們兩人!」

「芷萱不是那種人!」江冠寧顫抖著指向廚房，「現在妳看見了吧!我的芷萱變成那副模樣了!」

「我怎麼知道!人跟錢都不見，我能怎麼想?我也不希望她變成那個樣子啊！」姊姊哭得泣不成聲。

坐在地上的毛穎德呼吸變得平緩，手臂也不再如此熱痛，緊皺的眉微舒，看向馮千靜，「我好多了。」

「別嚇人啊！」夏玄允眞的被嚇呆了，直接圈住他的頸子給了一個用力的擁抱，「你平常不會這樣的。」

是啊，毛穎德闔上雙眼，感受著虛脫感，平常他自然不是這樣，而且左手傷處明明是割傷，剛剛卻連骨頭都在痛。

呼，郭岳洋也終於鬆口氣，回頭看著另一場鬧劇。

「我可以請問裡面有多少錢嗎？足以讓姊姊如此執著？」郭岳洋起了身，用無害的臉龐問著。

姊姊做了幾個深呼吸，徬徨不已，「三百萬。」

哇！三百萬！是去哪裡生這麼多錢啊？每個人都相當詫異，陳奕齊下意識看向天花板，看來也沒藏在上頭，因爲他們剛把家拆了嘛！

「妳怎麼會有三百萬？妳們家這麼有錢的話，芷萱也不必這麼辛苦了！」江冠寧覺得不可思議，「錢哪裡來的？」

「那筆錢也不算是我的，他是我……」姊姊頓了頓，眼神有些閃爍，似乎有難言之隱。

「看來也不是姐夫的吧？姊夫的工作我很清楚，工薪階級不可能平白無故有這麼多錢。」江冠寧雙手始終緊握飽拳，壓抑著忿怒、驚恐，隨時可能崩潰。

「你不要問了！不關你的事，我只想要把錢拿回來！」姊姊拒絕再回答，轉身看向客廳，芷萱剛剛指向了客廳。

一直默不作聲的黃旭泰緊擰眉心，看著姊姊，搖了搖頭。

「如果沒正式見到芷萱，說不定我會認爲那筆錢爲她帶來不利。」夏玄允跟著開口了，「例如有人見財起意，殺了陳芷萱再把錢帶走，不過既然陳芷萱已經成爲都市傳說，只怕金錢對她來說也已經沒有任何意義了。」

「那我的錢呢？」姊姊忿而回首，淚光的雙眼看著陳奕齊，「陳老師，你們搬進來時——」

「喔喔，沒有喔！我們根本沒看到什麼行李袋！」陳奕齊趕緊澄清，「如果之前我聽見這個消息，我可能會猜天花板，但是……」

他指向天花板，都拆光了，也沒從天而降的一袋錢啊。

鏘！突兀的金屬聲傳來，所有人都聽見了。

「那是……」郭岳洋蹙眉，「鑰匙？」

對！是鑰匙掉落的聲音！

姊姊頓時喜出望外的回身，直接衝向聲音的方向，剛剛芷萱指了客廳，聲音來自於……沙發底下？

「快去！」馮千靜立刻推著卡在面前的夏玄允，還不快去！

別忘了，陳芷萱當初失蹤時，家裡鑰匙跟著一起不見了！

照隙間女的習慣，這間屋子會一直掉下失蹤者身上的物品啊！

夏玄允跟郭岳洋即刻跟著立刻衝上前去，而姊姊已經趴到了沙發底下，一眼就看到了那熟悉的鑰匙圈！那個鑰匙圈是她去香港時，買回來給芷萱的！

伸長了手要抓出鑰匙，上面一定有除了家門之外的鑰匙，例如：放那三百萬的地方！

只是，黑暗中有一隻手更快的放到了她手上，姊姊一怔，越過鑰匙往沙發底下深處看去……那兒有一雙眼睛，不是芷萱……帶著忿怒與嘲諷，在黑暗中咕溜溜的轉著。

姊姊腦袋一片空白，她看著按住她手掌的那隻手，連顫抖都來不及……「鴿子蛋？」

「什麼？」才跟著要趴下的夏玄允聽見她的碎語，「妳說——」

電光石火間，一個活生生的女人，刹地以毫無阻礙的疾速，被拖進了沙發底下！

事情快到郭岳洋來不及反應，他才剛抵達姊姊後方，正準備要趴下，而夏玄允則是到了姊姊旁邊，雙手都已經貼上了地板，兩個男孩瞠目結舌，完全呆晌。

「退後！」陳奕齊冷不防的由後拉住郭岳洋的衣服向後扔，再順勢上前一把拖走傻住的夏玄允，兩個人向後跌成一團！

黃旭泰驚恐得一路退到了毛穎德身邊，每個人都在消化剛剛發生的事。

唯憑千靜帶著自拍棒走到沙發底下，她單膝跪地，距離沙發底甚遠，將自拍棒往裡又撈又刺。

沒有人，看來剛剛一拖進去就閃了。

然後，她撈出一把鑰匙。

「那是……」江冠寧忍不住腳軟跪上了地，「姊姊她……」

不帶血不帶皮屑的，再大的人也是一秒就被拽進，因爲被拖進去的瞬間，就已經成了陳芷萱剛剛那副扁平模樣，能穿梭在各式的縫隙當中……

只是大家沒有考慮過，原來沙發底下也是縫隙的一種啊！

制住十秒不能動是基本的準則！

林詩倪跟阿杰焦急的在機場大廳等候，明明已經看見班機降落了，就是還不見人群出來！

「……看到了！是不是他？」林詩倪突然指向一群人，「阿杰你看，那個人！」

「對！」他們雖然只見過房東一次，但是房東樣貌特別，很好認！

而房東後頭跟著一大家族的人，看上去戰利品滿載而歸啊！

他們急忙的衝到出口處，直接堵住了推著行李推車的房東！

「房東伯！我們是八樓陳老師的學生！」阿杰一上前就喊，「我們有緊急的事要跟你說！」

房東當然錯愕，他完全不明白突然出現在這兒的兩個孩子是誰，八樓？陳老師……哦～

「怎麼了嗎？」房東這時才有點回神，感覺很嚴重啊！

「老師的女友失蹤了！這是第幾個失蹤的人？」林詩倪立刻用手機錄音，「我們知道上一個是陳芷萱、上上一個是董敏，還有……」

房東聞言，臉色丕變，「哎唷！我跟你們說，她們是跑了，一定是跟男人跑了，我被欠的房租還討不回來咧，別跟我說什麼凶宅，那不是，我不必告知！」

他防備牆立刻築起，跟著把林詩倪推開，就想從旁邊鑽走。

「不是啦！現在不是要怪屋子的事，你聽不懂嗎？老師的女友也失蹤了！」阿杰直接抵住他的行李推車，「而且是密室失蹤……這個不重要，我們想問之前失蹤的人跟事情！」

房東及其家屬流露出一股不耐煩，這件事一直是他很不想面對與談論的。

「是不能等我們回去嗎？」家屬不爽的嚷嚷，「你們堵在這裡很沒禮貌知道嗎？」

「我們同學被帶走了！」林詩倪驀地尖吼出聲，「就在老師家裡失蹤了！那間屋子有問題！你懂不懂？」

一票人先是瞪圓雙眼靜默五秒，緊接著就是一場咆哮反駁大戰！

「在胡說八道些什麼！我們的屋子好好的，哪有什麼問題！」房東伯吼得最大聲。

「警察來過了！老師的女友進屋後就沒有再出來，你們的錄影設備也看過了！」阿杰吼得更大聲，「她是在那間屋子裡憑空消失的，我同學也是，就在幾個小時前而已！」

警察？一聽見警察，房東伯臉色就變難看了。

「警察都叫來了……厚，你們是要給我捅什麼簍子啊，警察一來人家又會說我那屋子有鬼！」房東伯看來早覺得怪異，「但是我房子明明乾乾淨淨，爲什麼不說是因爲那些女孩子偷偷跟人家走了！」

「跟人家走不會什麼都沒帶吧？門從裡面門上？」林詩倪沒好氣的看著房東伯，「從八樓跳窗嗎？」

房東伯擰眉，很明顯前失蹤的例子沒有這種密室失蹤法。

「實在是……你們要問什麼啦？」一行人就卡在出境通道，趕緊移動到寬敞處。「我好不容易才把八樓租出去，又給我搞這種飛機！」

「啊會不會眞的有魔神仔啊？」房東太太不安的問著。

「我那邊又沒出過事，什麼魔神仔！」房東伯呸呸呸的說著，「之前有個太太很有錢的，說我那邊離她公司近，就租我那邊，結果某一天就不見了，他老公還在屋子裡咧！我覺得那個太太一定是跟人家走了。」

阿杰乾笑，房東伯非常執著於跟人家跑這個理由。

「董敏嗎？這麼有錢她跑什麼啊？」林詩倪沒好氣的唸著。

「跑那個沒路用的老公啊！什麼都不會啦，就在家裡給她老婆養啦，家裡也不顧，在外面賭博，輸錢就找老婆，這種老公誰不逃！」房東伯一臉八卦模樣，「我給你們說，我在別的地方看過她老公啦，她老婆出差時，他就在外面把妹啦、賭博喝酒請客，多海派咧，只有老婆要回來前，去把我那屋子打掃得乾乾淨淨，買菜回來煮給她吃！沒路用啦！」

哇，林詩倪跟阿杰是有點驚訝，原來聯絡上的黃旭泰這麼心急，是因爲老婆是金主啊！

「那陳芷萱呢……她要結婚了，總不會跟人跑了吧？」林詩倪唸著清單上的名字，「還有，我聽警方說在董敏之前，還有好幾個女生，是不是也都失蹤？」

「厚，我給妳講，不是每個都不見喔！」房東伯義正詞嚴，「之前有個大學生就沒事，就你們學校的嘛！還有一個老師也好好的，啊有個空姐厚，那個每次來找她的男人都不一樣，我就覺得她可能是沒喬好，被殺掉扛走了！」

現在開始編劇了！唉，阿杰用簡單的紙抄寫著，「空姐是董敏之前多久的事？」

「厚，快十年了喔！」房東伯試圖回想，「她還欠我三個月房租！」

「那位子眞好，這麼多空姐去租。」林詩倪忍不住羨慕，「現在老師家隔壁又是空姐！而且聽說很正！」

房東伯皺眉，「蝦毀啦！你老師隔壁哪有住人！」

咦？振筆疾書的阿杰停下了筆尖，林詩倪也不可思議的抬頭看向房東。

「沒住人？」

「哪有啦！我好不容易才把八樓租出去咧，附近很多人都在給我造謠，搞得沒有人住八樓！」房東伯很無奈嘆口氣，「結果給我遇到你老師，人超好的，也沒提過去的事情，整層八樓現在就他一個人啊！」

八樓三戶，只有老師家有住人！

林詩倪跟阿杰四目相交，他們終於明白，爲什麼馮千靜說那視線會透過牆過來了。

所謂隙間女也不一定要躲在縫隙中啊——左右兩邊隔壁這麼大空間，她們愛盯多久，就盯多久！

老師！

第十二章
所有的縫隙們啊……

「什麼！」

林詩倪爆炸性的宣言，在擴音的協助下傳遍了陳奕齊屋子裡每個角落，毛穎德有種渾身發冷的感覺，屋子裡每個人緊圈著身子，不由自主的先往客廳那面牆看——與「空姐」相隔的那道。

馮千靜則往臥室裡瞧，忍不住挑起自負的笑容，「我就說視線從床頭櫃透過來，還什麼跟隔壁戶有夾層！」

根本不需要夾層，隔壁直接就是隙間女她家！

林詩倪匆匆掛上電話，他們朝這兒返回，而且還要等著跟房東伯拿左右兩邊鄰居的鑰匙。

「我的天哪……」陳奕齊打擊甚大，「我還跟她們說過話……馮千靜，妳也看見的對吧？」

「倒是。」馮千靜點點頭，「剛剛上樓時，看見老師在跟那個隔壁說話。」

「眞的假的！你們之前就看過隙間女了喔！」夏玄允顯得有點失望，他居然MISS了！

「回想起來倒是符合，她們都只開門的一小縫，不讓我們看到全貌。」已經緩和許多的毛穎德也曾看過隔壁，「按照陳芷萱那模樣，只露出半邊臉我們不會感到太奇怪。」

「可是隔壁發音很標準，五官也沒被壓縮。」馮千靜還記得那個女人的半臉模樣，沒有陳芷萱那麼慘，「所以呢？空姐是指多年前那個吧？那我們看到的那位呢？」

「喔天哪！」陳奕齊還在抱頭哀鳴，「空姐說那是個女強人，常在上海出差⋯⋯所以都不在。」

事實上，她們每天都在，如影隨形的緊緊盯著中間這屋子的每個人。

「董敏？」郭岳洋看著紀錄本上最符合的人。

接著，大家不由自主的看向了站在一旁、臉色蒼白的黃旭泰，董敏的老公。

「很有錢嗎⋯⋯這很符合！她⋯⋯她手上戴了一個很大顆的鑽石戒指！」陳奕齊記得很清楚，那實在太閃了，就扳著門。

「鴿子蛋嗎？」江冠寧坐在一旁，有些消沉，但他不走，是爲了再見陳芷萱一面。

或者說，抱持最後一線希望，讓陳芷萱回到他身邊。

「鴿子蛋？」夏玄允立刻反應，「等等，剛剛姊姊被拖進去前，似乎就說了這句話⋯⋯鴿子蛋！」

「什麼？她爲什麼會這樣說？」江冠寧不理解陳芷萱對姊姊有微詞，但不代表希望她被拖進去成爲隙間女，只是最後一句話爲什麼是鴿子蛋？

馮千靜正捧著熱茶，吁了口氣，「她看見了吧！在那個沙發底下的縫隙裡，有隙間女在等她……可能看見了鴿子蛋。」

毛穎德忍不住瞟了悶不作聲的黃旭泰一眼，「我還聽說，董太太的老公自從警方找到老師收集的飾品後，一直在追問那枚鴿子蛋的下落？」

黃旭泰開始流汗，他別過頭去，眼神盡是心虛，「我想說如果之前失蹤的人飾品都會掉下來的話，或許、或許……」

江冠寧卻突然哭了起來，又哭又笑的摀著臉搖頭，「哈哈哈，至少、至少不是芷萱拖走她姊姊的……」

他內心深處鬆了口氣，他不希望心裡的未婚妻，連個性都變了！因爲她知道，她們姊妹有多親密！

「所以那枚戒指還在董敏手上囉？」夏玄允凝視著黃旭泰，「爲什麼你太太要拖走姊姊？」

「我、我不知道！」黃旭泰的臉色非常差，連聲音都開始微顫，「阿敏不可能認識她的，她跟陳元萱從來沒見過面！」

「說不定只是想帶走她，因爲……不幸福嗎？」郭岳洋轉著筆，他一直在思考陳芷萱說的話，「被帶走比較幸福，好像是說當隙間女幸福得多的意思？」

馮千靜踹了一腳桌子，非常不認同，尤其身爲一個目標物，她對於隙間女只想用拐子架住她們、再狠狠往地上摜而已。

斜眼往臥室門口去，她們應該都聽見了吧？視線沒那麼強烈了，但是她們就是存在。

「好了，在這邊討論半天沒用！」馮千靜重重放上馬克杯，「夏天，有沒有讓謝妮潔她們都回來的希望？」

夏玄允謹慎的皺起眉心，「我們正在想。」

隙間女的傳說赫赫有名，但是短得讓人無法捉摸，只知道在家裡櫃子與牆的縫隙中有另一個女人隱藏著，與之共存，也有一種傳說是發現隙間女時會被一起拖進縫隙中，但是……回到現實這件事情，完全沒有相關傳說。

「看來她們應該是到隔壁去了，我們沒想過隔壁是空著的。」毛穎德抬首瞅著，「得去把兩邊都拆了，才能正式找到全部。」

「找到她們要、要做什麼？」黃旭泰支支吾吾的問，「如果她們已經變成那個模樣了，又不只一隻，會不會要對我們、我們不利？」

江冠寧不解的抬頭，「你不想跟你太太說上幾句話嗎？她都失蹤這麼久了，還是你只想著鴿子蛋？」

就像姊姊是否只關心那袋三百萬？

「我……她要是變成那副樣子我怎麼聊！她已經不是人了！」黃旭泰開始慌張的踱步，「我今天之前沒想過她會變成那樣，我說眞的，我還眞希望她出事，死了也比那樣活著好！」

「黃先生，這不是你能決定的事。」郭岳洋突然比了一個噓，「小心喔，隔牆有耳。」

她們，都在聽喔！

所有人打了一個寒顫，是啊，隔牆眞的有耳的！

LINE的訊息聲傳來，林詩倪說她們已經到樓下，並且拿到鑰匙了。

馮千靜立刻起身，開始扭動筋骨做熱身。

「眞要過去？」陳奕齊顯得很緊張，「我們這樣做能得到什麼？」

「答案。」夏玄允回答得很乾脆，「至少要見到謝妮潔跟小狐，然後努力設法讓她們回來啊！老師，你的女友還在那邊呢！」

「可是、可是如果她已經變成那個樣子……」陳奕齊連想都不敢想，那眞的是很噁心的畫面！

一個活生生的人，被壓扁成像條鰻魚般的模樣，擁有削薄的側面，在縫隙中生存，那怎麼會是他的家慈呢？

那樣，爲什麼叫幸福呢？

「我還覺得董敏知道更多，她還能跟老師談話，跟小狐狸們抱怨，更像個人。」郭岳洋也言之有理。

外頭沒坐電梯上來的林詩倪跟阿杰自樓梯奔跑而上，足音急促，在裡頭的郭岳洋立刻聽見，轉身就去開門；而上樓的阿杰卻緩下腳步，蹙著眉看向老師家隔壁門口，那個蛋黃哥的背包。

「那是……」林詩倪有點遲疑，「小狸身上揹的嗎？」

記得小狐是灰色的普通背包，但小狸揹的蛋黃哥實在太可愛，誰看了都有印象。

除了背包外，手機也落在了門口。

「嗨！」陳奕齊家的門猛然被拉開，反而引起了小倆口一陣驚叫。

「哇啊啊——」尖叫聲在外頭迴盪，阿杰看清楚後，不客氣的推郭岳洋一把，

「嚇死人啊！」

唉唷……郭岳洋踉蹌向後，趕來的夏玄允趕緊扶住他，「我們在裡面就聽見你們來了啊！怎麼沒按門鈴？」

林詩倪不安的指向大家看不見的地板，「小狸呢？沒在裡面嗎？」

「小狸？」夏玄允跟著一怔，「她很早就走了，說要去跟妳們會合，幫忙找資料。」

「沒去嗎？」郭岳洋挑了眉，「不意外，小狐被帶走後，她就嚇得魂不附體了！」

喂！夏玄允一個肘擊，他自己交代不能說的耶！

「小狐被帶走了？什麼時候的事？」阿杰果然吃驚，他們兩個對離開後的事全然不知。

「哎，他們都到了，紙包不住火好嗎！」郭岳洋悶悶的撫著被肘擊的肚皮，「小狐在套房裡的浴室被帶走，接著小狸就嚇到發抖，說什麼都不願意待下來，答應要去找你們，一起幫忙。」

阿杰跟林詩倪同時眼神往左邊瞟去，現在地上的東西刺眼得過分。

「她沒有來，然後……」阿杰說得很輕，指向了地上，「她的背包跟手機都在你們隔壁門口……」

什麼！這句話讓每個人都倒抽一口氣，夏玄允即刻衝出去看，果然在隔壁……所謂「空姐」門口，看見了不該存在的背包跟手機。

卡在門口的郭岳洋啞然，倏地回頭，「江先生，你們上來時沒注意到嗎？」

「什麼……背包嗎？」江冠寧嚥了口口水，「我們沒注意這麼多，就算有看見，也以爲是隔壁住戶的——啊！」

他現在才聯想起，隔壁沒住人啊！

「正常反應，他們來之前不知道這層樓只有我們一戶！」馮千靜扛著自拍棒走出，看見背包跟手機已經有了不好的想法。「手機看看有什麼吧！」

唔……夏玄允望著眼前的門，有點怕怕的。

他刻意站得很遠，伸長了手一抓，抓到手機就往回跑；毛穎德也跟著步出，看這樣子，小狸根本沒有機會離開這棟樓，就已經被帶走了嗎？

「她爲什麼會停留啊？」郭岳洋好奇的看著，「老師門口離隔壁也有幾步的距離，她應該是刻意走過去的。」

「叫一聲就可以了！」陳奕齊難受的看著又一個學生的消失，「就像她們與我對話一樣，小狐狸們在謝妮潔失蹤前就曾經跟她們說過話了，她們在門外喊，董敏在另一間不是開門叫她們安靜嗎！」

「對耶……心機好重喔！」郭岳洋雙眼一亮，回首看著另一間緊閉的門，「安心策略呢！」

讓女孩子們認為隔壁真有人住，防心會減少許多。

夏玄允打開小狸的手機，基本上連關機都沒有，一打開電源畫面就停留在錄音鍵，而且還在繼續錄音中。

「她在錄音耶……」夏玄允下意識看了一眼隔壁門口，滑了螢幕往前，「五個小時前的話……」

『我想請問您認識哪幾位過去的住客，是否知道些什麼事……』

『唉，我覺得是找不到的。』

『咦？為什麼？您……看見過嗎？』

『我之前就跟你們老師提過了，事情是……妳日子過得也不開心吧？』

『什麼？』小狸聽上去很錯愕。

『生活得快樂嗎？一點都不幸福吧？』

『啊？我是想問妳認識之前的房客，或是……』

『都認識啊！妳想見見她們嗎？』

『刹……砰！』

連尖叫聲都沒有，錄音那邊只有沙沙音跟碰撞聲，夏玄允把聲音放到最大，然後幾秒後，傳來關門的聲音。

小狸是在這裡被拉進去的，被門鍊門住的門縫，也是小小的縫隙啊。

「她是被拐進去的吧，出面跟她說話，所以小狸才會停留……」郭岳洋沉吟著，「爲什麼要這樣做？」

林詩倪掩著嘴，她有點氣忿有點恐懼又有點難過，身子微顫著，就這樣把人拖走是什麼意思？

「想這麼多幹嘛！浪費時間！」馮千靜突然往前喊借過，「既然有話說得清楚的人，我們就來問清楚啊！」

咦？陳奕齊緊張跟上，「馮千靜，妳要做什麼？很危險的！」

餘音未落，夏玄允跟郭岳洋紛紛回頭把老師往後推，「老師，不要太靠近，你比較容易有危險。」

馮千靜伸手向後，夏玄允飛快的問阿杰他們拿鑰匙。

唉，手持掃把的毛穎德搖搖頭，「老師，江先生跟黃先生，麻煩回到屋子裡！」

黃旭泰根本一步都沒離開過陳奕齊的屋子，他現在可是嚇死了！他想要離開這裡，一秒也不想待。

「我們去開那間嗎？」郭岳洋拿著另一把鑰匙問著。

「暫時不要，你們兩個去拿東西幫忙！」毛穎德吆喝著，「林詩倪，妳進屋，阿杰也去拿著拖把什麼的。」

「要做什麼？」阿杰跟著一踏進屋裡，就被裡面一片凌亂嚇到了，「哇塞……喔喔，我知道了。」

馮千靜站在空姐家門口，再度靜心闔上雙眼，好幾道視線看過來，有正隔著這扇門面對她的，也有從側面……她轉向右邊，董敏在那間屋子，從那兒望出來啊。

一樣有敵意，但是跟之前的感受不太一樣了。

她隻手貼上門，她覺得……她們在恐懼。

「毛穎德。」她輕喚著，他走了出來。

「大家還沒準備好，妳不要貿然進去。」他交代著，一邊把她往後拉開幾步。

「你感覺得到嗎？」她隻手還貼在門上，「她們跟我們一樣害怕。」

毛穎德蹙眉，是嗎？這種情緒他無法體會，他只知道門縫下滿滿的黑色碎石，還有這始終極度冰冷的氛圍……他終於明白爲什麼老師家到處都是黑色碎石，因爲整個八樓根本就是都市傳說所在地。

「我有點搞不清楚是我們冒犯了隙間女？還是她們冒犯了我們？」他低沉的說，「是誰先住在這兒的？」

馮千靜不太爽的緊皺眉心，「我不管那個，她們不該這樣帶人。」

毛穎德忍不住笑了起來，「我覺得妳是不爽她們以『不幸』爲理由，想要帶走妳！」

她挑高了眉，極爲倨傲的，「算對吧！」

男孩子都帶著工具出來，而毛穎德要其他人好好的坐在客廳正中間的地上，附近沒有任何縫隙，離天花板也有一段距離，萬一誰被拉扯，還有機會可以聯手合作反制。

郭岳洋拜託老師錄影，只要看見隙間女就錄，陳奕齊手拿相機，看起來很掙扎，眞的要拍嗎？

黃旭泰刻意選了離門口最近的位子盤坐著，他不時瞄著外頭，如果等等有機會，他想就這樣溜走⋯⋯見著剛剛那種人不人鬼不鬼的模樣，他可一點都不想跟那樣的老婆見面！

如果，如果她能把手上那鴿子蛋落下該多好啊！讓這位老師撿到，警方就能還給他了！對！就這樣，他不想在這兒跟她見什麼面啊！

「毛毛，你沒事了嗎？」握著曬衣竿的夏玄允很擔心，剛剛毛穎德還慘白著一張臉呢。

「現在沒事了。」毛穎德睨了他一眼，「誰准你叫毛毛的！」

拜託一下，老師也在耶，毛毛毛毛的叫！

所有人都離門邊一公尺以上的距離，這是馮千靜要求的，只有她跟毛穎德站在門前，但他們兩方也拉開了距離；阿杰其實搞不太懂，但看夏天的模樣，倒是非常信任他們的安排。

屋子裡的人們很緊張，陳奕齊覺得身為老師實在不該讓學生涉險，但是郭岳洋一句「老師別礙事」，讓他悶悶的坐下來；坐歸坐，他還是維持一種備戰狀態，萬一出事，可以隨時往外衝。

馮千靜緊握鑰匙，回頭朝著大家使眼色，夏玄允用唇語倒數著：一、二……還沒數三，她冷不防把鑰匙插進去，一口氣把門轉開了！

砰！門推開果然受阻，裡頭一條門鍊直接擋住，形成一條縫隙，眨眼間立刻有一隻手竄出來，就要攫住門口的馮千靜！

「退後！」馮千靜即刻大步向後，舉著早備妥的自拍棒先擋住那隻手，再以尖端直接使勁朝那手戳去！

身邊的毛穎德則對準門鍊的方向狠狠踹去，眨眼之間薄心夾層的門就被踹開了。

連殘影都沒有，他們面對著一間二十五坪的空蕩屋子！

沒有傢俱，就沒有所謂的縫隙，馮千靜一進門就仰首往天花板瞧，這兒的天花板跟老師家一樣，刻意再隔一層。

沒有多語，她高舉自拍棒，開始戳落一塊又一塊的甘蔗板！

砰砰砰⋯⋯天花板開始震動，像是數馬奔騰般的，動靜是從這兒往老師家的方向去！

夏玄允他們陸續進來協助，五個人同時在屋子裡進行拆屋頂，聲響驚人。

『呀——』女人的叫聲開始傳來，隔壁的林詩倪揪緊衣服，慌亂的張望著。

啪——沙沙沙⋯⋯灰塵自上方落下，他們驚恐的抬頭，看見一道道影子踩著天花板的格狀木條一路前狂奔，跟逃難似的一道道陰影不停掠過！

「啊啊⋯⋯」黃旭泰嚇得抱頭，身邊的江冠寧倒是激動的跪直身子仰起頭。

「芷萱！芷萱！」他扯開了嗓子喊著，「告訴我怎麼樣才能幫妳？」

一個影子戛然止步，在天花板的黑暗中瞧不清，但是可以看見探向下方的那雙眼睛……江冠寧一眼便知，那該是他的芷萱！

黑影身邊還有另一雙哀悽的眼神，她們狀似想往下探，抓握住木格子，但那模樣只是讓人感到恐懼而已。

「啊啊……走、走開！」深恐她們垂降似的，黃旭泰揮著手，「滾啊！叫她們都滾啊！」

「你閉嘴！」江冠寧氣急敗壞的嚷著，「芷萱，有辦法可以回我身邊的對吧？」

那雙眼睛搖了搖，像是否定一般，而身邊的另一個瞧不清的影子，想往下伸長手。

「哇！」黃旭泰驀地站起，二話不說就衝了出去！

「喂！黃先生！」陳奕齊措手不及，看著他的背影往外衝……是有沒有跑這麼快！

林詩倪絞著雙手，看著上頭的發亮的眼珠突然消失，彷彿又跟著往前奔去了。

隔壁屋子的拆除小組馬不停蹄，幾乎是把隙間女全往邊間趕之後，毛穎德立刻拿著鑰匙往邊間去，再度將門打開。

一樣是空無一物的屋子，能躲的地方，眞的就只剩天花板了。

灰塵大量的從天花板的縫隙落下。

馮千靜轉著自拍棒，打量著該從哪塊開始拆呢？就從中間開始吧——她一舉起自拍棒，門口的夏玄允忽然朝她衝了過去！

「不要！」夏玄允抱住她的手，將自拍棒移開。

「哇！」馮千靜重重的被推向旁邊，卻立刻以腳穩住，左手肘反射動作的就朝夏玄允的下巴一拐子過去，「幹什麼!?」

毛穎德由後架住夏玄允，情況變得詭異！「馮千靜，妳停一下！」

「夏天！」郭岳洋奔了進來，「你在幹嘛？」

「她們在哭！」夏玄允突然掩住一隻耳朵，「她們說請住手！」

阿杰不可思議的看著低頭的夏玄允，他看起來很痛苦，說得煞有其事，「她們說……是什麼意思？」

毛穎德立刻看向郭岳洋，他即刻搖頭，「我什麼都沒聽見！」

他也沒有！他看向馮千靜，這裡面體質最「特殊」的應該是他，但是他並沒聽見任何聲音——爲什麼夏天聽見了？

「夏天，你怎麼聽見的？」毛穎德拉起他，「清醒點！」

夏玄允抬起頭，竟然淚眼汪汪，「我就是聽見了，她們很害怕！」

「該害怕的是我們吧！」馮千靜朗聲喊著，「動不動就拖人進去，誰該怕誰啊！」

「不是……她們怕被看見！」夏玄允一副可憐兮兮的模樣，「她們是隙間女，應該在夾縫中生存，不該被任何人看見的！」

「如果眞的是這樣，爲什麼不在黑暗中好好待著？」馮千靜可不以爲然，「她們拖走了杜家慈、謝妮潔跟小狐狸們！」

不說還有隔壁江先生的未婚妻、姊姊、董敏……有更多他們根本數不清的人。

『因爲這樣她們比較幸福。』

極爲清晰的聲音傳來，馮千靜跟毛穎德大吃一驚，她們聽過這個聲音，就在老師跟隔壁鄰居說話的同時。

聲音在裡面的隔間，馮千靜將自拍棒拉長成武器狀，要夏玄允他們留意背後跟上方，而她則小心翼翼的往裡頭走去。

「喂！」毛穎德再度擋下她，「我走前面……！」

才說著，左手臂又刺痛起來，他下意識撫上左肩。

「就你這樣子當什麼英雄！」馮千靜嗤了一聲，直接把他往後推，「掩護我比較實際。」

唉，很不情願，但馮千靜說得沒錯，雖然他的慣用手是右手，但是左手一旦疼起來是錐心刺骨，他完全無法行動。

這間的隔局跟老師家的很像，聲音來自廚房，但是除了瓦斯爐、貼牆的櫥櫃外，沒有別的東西了啊！

「董敏小姐？」郭岳洋禮貌的開口了。

『不要打擾我們可以嗎！』聲音再度出現，就在這間廚房裡！

馮千靜詫異的打量每個角落，突然間毛穎德拍拍她的肩頭，指向了這間廚房唯一跟老師家不同的地方。

那就是這間廚房底端靠牆的地方，有個櫥櫃，但是牆壁上方卻有突出一塊水泥，櫃子高度觸及那塊水泥。

換言之，櫃子是放在凸出水泥塊上的，也就是說，櫃子與牆之間有道水泥塊寬度的縫隙。

聲音是從碗櫥裡冒出來的。

廚房不大，毛穎德回首要夏玄允他們稍安勿躁，他則跟馮千靜謹慎的往前，繞到碗櫥左邊。

滑落，她自始至終背對著江冠寧，就是不想讓他看見這副模樣嗎？

她想離開，想逃……

「我再問一次。」馮千靜猛然收手，把隙間女拉向自己一點，「杜家慈、謝妮潔、小狐，是不是在被拽進縫隙時，就是妳這副模樣了？」

隙間女顫抖著，那雙她再熟悉不過的眼神看著她，點了點頭。

「不許用這種眼神看我。」馮千靜不客氣的再拉了她更近，「想抓我的目的是什麼？覺得我不幸福嗎？」

呃……郭岳洋拉了拉夏玄允，有沒有覺得狀況有點詭異？小靜不太高興耶！

『每個……人……』陳芷萱吃力的說著，『都想逃……離……現……世……辛苦……』

「說什麼屁話！」馮千靜再使勁的把她往身前拉！

突然間，在她身旁的毛穎德居然倒了下去！「唔！」

咦？馮千靜瞬間鬆開了拉緊繩子的左手，驚愕的探向右手邊的毛穎德，「喂！你怎麼了？」

只見毛穎德臉色蒼白，冷汗直冒的發抖，痛苦的按著左肩，整個人跪趴在地！「我的肩膀！」

看見了在那個二十公分縫隙空間裡的女人。

董敏塞在裡面，以一個正常人來說，她側著身硬塞還是過得去的，她的臉貼著牆壁，吃力的轉頭看向他們。

「幸會。」馮千靜先禮後兵。

還沒「兵」，夏玄允跟郭岳洋立刻衝過來擋在她面前，直接塞在前面的空間，用一種閃亮到過分的眼神看著董敏。

「哇……塞……」夏玄允從尾到頭的打量著她，「妳眞的是……隙間女耶！」

『不一樣的世界，不要打擾。』董敏的聲音很沉。

毛穎德彈指對著不太敢進入的阿杰，他即刻點頭，奔回老師家，請黃旭泰過來，她老婆在這兒呢，手上那個鴿子蛋眞是閃閃發光。

「但是你們打擾了我們的世界……」馮千靜說著，前頭的夏玄允很礙事，「喂！你們很煩！」

「聽她說嘛！」夏玄允居然哽咽的回頭。

「我聽她說？說什麼？我才不管妳們是什麼都市傳說，我只希望把我們同學放回來。」馮千靜根本不想浪費時間，「杜家慈已經來不及了對吧？」

隙間女轉著眼珠子，打量著馮千靜、毛穎德、眼前兩個快要尖叫的少年，就是不說話。

「我被某個都市傳說帶走過，進入他的世界，只有二十四小時的時間，過了就再也回不來。」馮千靜接著說，「杜家慈已經超過時間了，如果妳這兒也一樣我不強求，但是謝妮潔跟小狐狸們……」

『進來就是隙間女了。』董敏幽幽的說，『否則哪來不見血！』

一進來，就註定是隙間女了！

郭岳洋暗自驚訝，勉強擠出笑容，「眞的完全沒有……別的方法？」

此時，屋外走進了不明所以的陳奕齊跟江冠寧，他們戰戰兢兢的趨前，不明白是怎麼回事；而阿杰護著林詩倪墊後，她會怕，不要上前比較好。

「爲什麼要帶走別人？都市傳說裡……隙間女就只是在這兒而已不是嗎？」夏玄允主動問了，「妳們爲什麼要把大家拖走？」

『她們不快樂，想要找個能幸福的地方……』董敏的聲音幾乎沒有起伏，『沒有煩惱的地方。』

毛穎德忍不住皺眉，「我覺得塞在縫隙蠻値得煩惱的啊！」

『呵……』隙間女笑了起來，眼珠子狂亂的轉動著，『在這裡什麼都不必想，什麼都不必擔心、什麼都不必害怕啊！』

她們只要在縫隙中遊走，偶爾出來晃晃，想吃東西時還可以開屋主的冰箱飽餐一頓。

馮千靜往廚房門口看去，怎麼不見黃旭泰？

「這都是歪理！」馮千靜完全不想聽，「杜家慈！謝妮潔！妳們在嗎？」

聽見杜家慈的名字，陳奕齊就緊張的趨前，「家慈！把她還給我！」

『已經來不及了。』董敏突然伸出手，毛穎德跟馮千靜立刻逮著夏玄允兩個人往後退，他們都快上前擁抱了！

不過隙間女只是指向馮千靜而已。

『每個人都有想遺世獨立的時候啊，難道妳就從來沒有想要放下一切的時候嗎？』

放下所有煩惱責任，逃離現世的一切，一個人自由自在！不必工作、不必唸書、不必照顧家裡、不必扛起一家子的責任，任意生活，沒有人管。

夏玄允瞥向陳奕齊，是這樣嗎？

杜家慈有弟弟的債務煩惱、陳芷萱說不定是爲了那三百萬的來路不明、可是謝妮潔呢？小狐狸們呢？

「我不懂，這個是由誰來界定的？」

『我們啊！』董敏咯咯笑了起來，那聲音聽起來有些像指甲刮在玻璃上的聲音，令人起雞皮疙瘩，『大家都可以更幸福喔！』

「少自以爲是了！」馮千靜掄起自拍棒就擋下她伸長的手，「幸不幸福不是妳們決定的！」

說時遲那時快，隙間女反手抓握住自拍棒，一骨碌把馮千靜往裡拖了進去！

「哇！小靜！」幸而夏天他們擋在前面，而毛穎德及時用右手環住了她的腰。

唔，毛穎德咬著牙，左手越來越痛了！

縫隙裡已經看不見董敏，她藏到深處，而且使勁拽著馮千靜。

「放手，馮千靜，把自拍棒放開。」毛穎德低吼著，夏玄允轉身，意圖協助掰開她的手。

「不許碰我！」馮千靜厲聲吼著，「在擂台上怎麼可以把武器放掉——」

呃……夏玄允一秒鬆手，啊咧，現在如果他硬去逼迫小靜，被KO的人可能會是他喔！

「在說什麼啊！很危險的！」陳奕齊衝上前，「馮千靜，把手放開。」

「不要以爲我會輸。」馮千靜勾起微笑，隻腳抵著櫥櫃，與黑暗中發亮的雙眼對視著，「妳不知道，我們可以燒房子對吧？」

放火燒了房子，哪裡來的隙縫讓她們藏呢！

咦？環抱住她的毛穎德大吃一驚，對啊！之前馮千靜被樓下的男人帶走時，大家就是放火燒了另一個世界啊！

「郭岳洋！」毛穎德立刻出聲。

「知道！」郭岳洋立即跳起來，要衝回陳奕齊家，準備放火！

夏玄允倏地扣住郭岳洋的肩頭，「等等……不要這樣！不要這樣傷害大家！」

馮千靜不可思議的看向夏玄允，「你現在是站哪一邊啊？」

「……她們只是想好好待著而已！」夏天痛苦的跪在地上，雙手抱著頭，「老師，杜家慈要你好好過，不要再想她了！」

縫隙裡的力道突然鬆開，馮千靜整個人向後彈去，毛穎德穩當的抱住她，小心翼翼的往後帶。

「夏天，你別嚇我！」郭岳洋不明白這是怎麼回事？

「陳芷萱說……江先生，忘掉她，忘掉她們所有人，因爲大家都已經是隙間女了，這是回不去的傳說。」夏玄允彷彿在傳話似的，「請離開這裡，讓大家……平靜的過日子。」

「不不！這太離譜了！」江冠寧完全不能接受，「妳怎麼可以這麼對我！就這樣一句話要我忘掉一切？」

夏玄允喘著氣，看起來很痛苦，「謝妮潔跟小狐狸們在哭，但是她們不想被看到現在這個模樣，以後就不會見面了，大家好好保重……」

突然間，他抬頭看了陳奕齊，「謝妮潔說，她很喜歡你。」

陳奕齊無法承受這樣的狀況，他的女友、他的學生……「爲什麼會發生這種事!?」

「放火的話，連我們都會被燒掉的。」夏玄允突然回頭看向馮千靜，「小狐狸們哭著拜託妳。」

馮千靜緊皺著眉，肩上壓著重量，剛剛扶著她的毛穎德，現在又撫著左肩往她身上靠了。

『請離開吧。』冷不防的，縫隙中再度擠出董敏的臉，馮千靜下意識的擎起自拍棒就往前刺。

只差一寸，沒有朝她臉戳下去。

「把我們同學朋友就這樣拖走，就這麼簡單一句話要我們當作沒事嗎？」

『事情不可逆，妳也沒辦法。』董敏面無表情的回應著，『我們是一直存在的，是你們……來……打擾……』

夏玄允吃力的被郭岳洋攙扶而起，「黃先生呢？她太太在這裡。」

『不需要！』驀地，縫隙裡的臉變得猙獰，『我才不想見他！那個養小三的爛男人，叫他滾！』

陳奕齊面有難色的攤手，黃旭泰溜很久了。

「那個，如果我們離開的話，妳們保證不會再對我們做些什麼嗎？」郭岳洋突然走了過來，輕柔的壓下馮千靜的自拍棒。

『不會。』董敏說著，『請快點還我們清靜。』

毛穎德看著郭岳洋，他看上去總是溫柔又具有力量。

「夏天聽得見隙間女傳遞給他的恐懼跟哭泣，所以她們的確很害怕，董敏明確的說沒有任何方式讓都市傳說變回人。」郭岳洋轉向馮千靜跟毛穎德，帶著悲傷的眼神，透露著：罷手吧。

既然救不回任何一個人，是不是就此歇手？

「總不能燒掉認識的吧？」毛穎德在她耳畔低語。

「我上次好像燒了？」她還猶豫。

「上次是不得已的吧！爲了切斷連結。」毛穎德擰眉，「妳自己說她們不會死的，已經變成那邊的人了。」

馮千靜挑高了眉，問題是變成隙間女的謝妮潔她們，不也是變成都市傳說了嗎？

但是會哭會恐懼，的確讓她猶疑了。

「好，我們離開這裡吧！」馮千靜收起自拍棒，但銳利的眼神依舊緊盯著董敏不放，「我還是有話想說，人在世上都會有想逃避的時刻，但是想逃避不代表不幸福，也不代表非得變成都市傳說，因爲那只是想休息片刻罷了！有時候就算拼命去做而失敗，我也會視爲那是一種幸福。」

董敏闔上雙眼，向後退了一步。

「那個……」夏玄允冷不防的塞到櫃子縫隙前，「我可不可以……上去偷看一下大家？」

「夏天！」

「就一眼，我想看看大家！」夏玄允雙手合十的拜託，「尤其是……我們認識的人。」

縫隙中再無眼珠，董敏像是消失了一樣，夏玄允慌張的拿手電筒往裡照去，已經沒有任何隙間女的身影。

砰——同時，外頭有塊天花板掉了下來。

所有人離開了這間空屋，夏玄允搬了梯子到那掉下的天花板，這間屋子的天花板已經是隙間女唯一能躲藏的空間了。

在重重防護之下，夏玄允爬了上去。

沒有太久，郭岳洋便急著拉他下來，下來的夏玄允，淚流不止，不停的哭泣，陳奕齊跟江冠寧包圍著他問他情況，他搖著頭，肯定的說他們苦苦等待的情人，眞的再也回不來了。

馮千靜其實早知道這個答案，剛剛她差一點被拖進縫隙裡時，明顯的感受到臉頰骨像液化一樣，隨著環境變形……這就是都市傳說嗎？無法解釋的力量，讓每個被拖走的人變形不見血。

陳奕齊痛苦的把那塊天花板安裝回去，他第一次感受到上頭有視線看著他，而且那只怕是杜家慈的眼神，望著他。

最後一眼。

他們離開那間屋子，重新鎖上，回到陳奕齊的家中後，夏玄允撥了幾通電話，包括報警。

「謝妮潔她們失蹤的事還是得報案。」夏玄允顯得很沮喪，「還有那個空姐。」

一屋子沮喪的人沒人能開口，江冠寧在客廳歇斯底里過一陣後，趴在地上痛

哭失聲，陳奕齊或許是因爲學生還在，無法全然鬆懈，只是不停淌著淚而已。

「那個空姐，我看到她的時候，她完全沒有被壓扁……身材很好……」陳奕齊兩眼無神，喃喃自語。

「嗯，因爲她不是隙間女。」夏玄允點了點頭。

什麼!?裡面最清醒的三個人紛紛回頭，郭岳洋嘴裡的可樂差點沒噴出來，立刻跳起身衝向夏玄允，「什麼叫不是隙間女！難道她是、她是——」

夏玄允望著郭岳洋，眼淚飆了出來，「好可怕啊！她就躺在上面！」

媽呀！馮千靜跟毛穎德臉色刷白，躺在上面是什麼意思——屍體嗎？天哪！他們剛剛還想把天花板拆了！

陳奕齊好半晌才回過神來，「空姐死在隔壁？」

毛穎德轉著眼珠子看向這特別的屋子，這八樓的故事還挺多的咧！

「我看房東伯可有的忙了，別再說他這兒不是凶宅了。」

「這種屋子就該封起來，她們高興怎麼爬就怎麼爬！」馮千靜一屁股坐上臥室的床，她不想待在客廳，氣氛很差。

「早晚的事啊！」毛穎德揉揉左肩，現在又沒什麼事了。

奇怪，好像越接近隙間女、或是隙間女數量越多，他的情況就越嚴重？他忍不住看著傷口，難道因爲這是都市傳說造成的傷口，所以遇上都市傳說會發作嗎？

也太不公平了吧！

「滲血了！」馮千靜懶洋洋的指著他的手，「傷口裂開了。」

「什……」毛穎德低首一瞧，發現在右手掌竟沾了血，「我的天！居然……這是已經痊癒的傷口耶！」

「聖誕老人的斧頭果然不容小覷！」馮千靜果然也想到了。

「嘖！我去清洗一下！」毛穎德邊說，一邊往浴室裡走去。

喀。

馮千靜親眼看見衣櫃上方，掉下了一個阿朗基河童的證件套。

「小狐？」她不假思索的起身，自衣櫃裡拾撿起，「要我帶訊息給妳家人嗎？毛穎德，你看——」

一股力量倏然自後面襲來，一隻手勾住馮千靜的頸子，直接把她往後拖！

幹！馮千靜及時用左手向外扳住了衣櫃邊緣，她被鎖喉發不出聲音，右手意圖扳開那隻手卻徒勞無功。

糟糕！她感覺到自己貼上了衣櫃底端的洞，她的背開始被液化扭曲了！

「什麼？」毛穎德探出頭來，完全不見馮千靜蹤影，卻看見她隻手扳著衣櫃外緣，「馮千靜……不不！」

他火速的衝上前，言靈、言靈，肉咖且生活上的言靈——**「馮千靜！走到我懷裡！」**

只是走路，這是最平常的生活瑣事了！

拜託——求求妳！

馮千靜感受到身體自己動了，她整個人努力的站起來，而且根本都不是她自己在用力，但是頸子間的手卻沒有辦法再把她往後拖，她的頸子疼得難受，還是直起身子，踉蹌的朝毛穎德走過去。

身體彷彿不是屬於她的，毛穎德小心翼翼的趨前，來到衣櫃前，穩當的張開雙臂，看著她用吃力的雙腳，朝他走來。

直到貼上他的身體。

毛穎德忿忿的看著衣櫃木板那個大洞，幾雙眼睛在黑暗中望著，不情願的收回了該死的手。

地上落下的是小狐的證件套，她一直掛在身前，只怕馮千靜是爲了撿這個「誘餌」吧！

「啊……」言靈倏忽結束，馮千靜整個人軟腳，完全跌上他的身體！

毛穎德立刻擁住她，緊緊的抱著，「沒事……沒事了，妳走過來了！」

馮千靜緊閉起雙眼，無盡的虛脫感跟恐懼此刻盡數湧起，她伸手緊揪住毛穎德的衣服，這才開始換氣呼吸。

「言靈……靈嗎？」她靠在他肩頭，有種眼淚快被逼出來的感覺。

「幸好我有言靈！」毛穎德緊緊的抱住她，「這是我第一次覺得有這個肉咖的能力眞好！」

否則那就是數秒的時間，馮千靜就會變成在夾縫中生存的隙間女了！

馮千靜沒有多說什麼，只是緊緊環住毛穎德，她全身發寒，眞的還好有毛穎德在！眞的！他的存在，就令人無比安心！

淚水悄悄滑落兩滴，她的臉埋進他寬闊的肩頭。

客廳的夏玄允與郭岳洋面面相覷，一雙眼精明的轉著，兩個人什麼都沒說，夏玄允甚至還帶著淚痕，抹去淚水，朝著郭岳洋使個眼色。

你有聽見什麼嗎？

郭岳洋噘起嘴，張開雙臂做一個環抱的姿勢：到我懷裡？

哇塞！夏玄允用氣音說著，張大了嘴，毛毛跟小靜？這是什麼時候發生的事？

郭岳洋飛快的搖頭聳肩，他也很訝異啊！剛剛聽見時都傻了，毛穎德還說得超大聲！

在這種氛圍？真的很厲害耶！這兩個！

夏玄允眼神難掩失落，他微蹙起眉，有種心愛的玩具被人搶走的感覺。

「我們是不是會錯意了？」他問著。

「我也不知道？」畢竟只聽見這一句，但前後都有窸窸窣窣的聲音……咦？郭岳洋立刻回頭看向置物櫃，「聽。」

客廳地板正在絕望地獄中的兩個男人當然沒聽見，阿杰跟林詩倪到樓下去跟房東說明狀況，夏玄允看著櫃子破洞間移動的身影，隙間女為什麼在這裡？她們不是應該躲在……

警笛聲由遠而近，原來是警方來了，在警方蒐證時，只怕她們需要找個好的藏身之處。

馮千靜聞聲側首，疲憊虛脫的抬起頭，望著毛穎德。

「我可以燒了這裡嗎？」

「嗯，下次吧。」

尾聲

溫暖的太陽在冬晨只是個假象，寒風吹來依然令人直打哆嗦的刺骨，大家依然戴著毛帽、圍巾，裹著厚重的外套，以抵禦寒冷。

馮千靜只穿著一件鋪棉帽T，接過上頭遞來的紙箱，踏著輕快的步伐往下走，迎面上樓的是氣喘吁吁的夏玄允，他累得兩頰紅通通，噘起的嘴只是萌樣大升而已。

「有沒有搞錯，才幾趟累成這樣？」馮千靜與他擦身而過，「看來我的鍛鍊還不夠喔！」

「呃……很累耶！」夏玄允嚷嚷，「老師家幹嘛住這種連搬家都麻煩的地方啦！」

「那要怪你爲什麼不七早八早的就把工人叫來，前面能停車的地方都沒了。」後頭跟來穿著秋天T恤的毛穎德，他還熱得挽起袖子，「快點，還有幾箱！」

他們兩個人一點兒都不怕冷，來回爬樓梯數趟臉不紅氣不喘，夏玄允後面是舉步維艱的郭岳洋，這兩個人實在令人搖頭。

「我要是說隙間女在樓上等你們，你們大概就健步如飛了吧！」馮千靜嘖了一聲，「病很重。」

「那不一樣啊！」郭岳洋也一副快累死的模樣，一步步慢慢往上爬。

說眞的，從老師家搬東西出來，坐電梯到一樓，走出來後這段階梯不過十五階，到底是在累什麼啦！十五階後就有個停車處，他們都幫忙把東西放上小卡車就好了！

箱子挪上卡車，眼看著就快搬完了。

陳奕齊挑了今天搬家，才住不到一個月的屋子，立刻就要封起來了。

空姐的屍體造成震撼，警方到達之後就封鎖八樓蒐證，尤其針對陳奕齊兩邊隔壁的空屋，畢竟空姐住在八樓之一，屍體卻在八樓之三的天花板裡，表示凶手可能兩間都進去過。

也因此，之前的失蹤案又被導向凶殺案，警方也重新找出空姐當年失蹤的案子，過濾清查當時的關係人。

至於八樓之一與八樓之三從未失蹤過任何人，隙間女一直都只在八樓之二的縫隙中，夏玄允推敲應該是自從失蹤的案件一多，就沒有人要租八樓後，她們才開始分散移動。

警方來的時候，隙間女大抵都藏得很好，也沒有發生警察被拖進去的事件，爾後大家合力幫忙把天花板組回原狀，還給隙間女屬於她們的空間。

其實馮千靜一直有種強大的無力感，明明知道有同學就在那裡，卻已經再也見不到了！

對江冠寧跟陳奕齊來說又何嘗不是，自從找到屋子的視線來自隙間女後，他們也開始感受到那所謂的「視線」，但毛穎德認爲是心理作用，覺得女友正在看著他們。

無論如何，這稱不上好或是壞的結果，成爲隙間女的人就此化身爲都市傳說的一部分，未來將塞在誰家的櫃子與牆縫隙間不得而知；而其他人也只能繼續過自己的生活，完全無能爲力。

就像被樓下的男人帶走的女孩一樣，看著白牆上的指甲抓痕，明知道她們在那邊，卻誰也救不了。

老師搬家，他們全部都來幫忙，林詩倪跟阿杰在樓上幫忙打包，運動神經好的幾個負責搬運，郭岳洋跟夏玄允是被毛穎德壓著搬東西的，缺乏運動的小子們就該多走走。

一轉眼，屋子裡又空蕩蕩了！所有人站在空曠的客廳裡，百感交集。

「都搬完啦？」身後大門傳來叩門聲，江冠寧帶著笑走進來。

「嘿！江先生！」陳奕齊回首，喜出望外，「怎麼過來了？」

「來看這間屋子最後一眼啊！」江冠寧的笑容很複雜，他也住在這兒過，

「確定要封起來了嗎？」

「嗯！」夏玄允回得很輕快，「把八樓封起來對大家都好，不管是人，還是隙間女們。」

事情是夏玄允處理的，這件事讓大家大吃一驚，因爲他是在沒有跟任何人商量的情況下，跑去跟房東伯說，他願意負責所有的費用，讓人用水泥將整個八樓給封住。

爲了要給隙間女空間，也避免再有人受害。

「唉……這下次，就眞的是永別了。」江冠寧嘆息著，「芷萱，妳要好好過啊！」

陳奕齊聞言悲從中來，他的家慈也得永遠住在這兒了。

「我以爲黃先生至少會過來看一眼。」江冠寧張望著，沒見到黃旭泰。

「他那天逃得比誰都快，完全沒有想見妻子的意思。」講到黃旭泰，陳奕齊

不禁搖頭，「我認爲他滿腦子只想著鴿子蛋。」

「還有三百萬。」

冷不防的，郭岳洋說得輕鬆但爆炸性的話。

所有人不約而同的回頭看向他，他還圓睜大眼眨呀眨的，一副被嚇到的模樣，「什、什麼啦！」

「三百萬是什麼意思？三百萬是芷萱她姊的啊！」江冠寧這可不明白了。

「陳芷萱的姊姊叫什麼名字？」郭岳洋微微一笑，還示意江冠寧先別回。

大家面面相覷，誰曉得啊！「就陳芷萱她姊啊！」大家一直都這樣叫，也沒人介紹過啊！

「我只記得也姓陳……」陳奕齊還很認眞的說廢話。

「但是喔～」夏玄允語調跟唱歌似的，「黃先生知道耶！」

什麼？馮千靜蹙眉，她怎麼不記得有這回事？毛穎德卻突然啊了一聲，「我想起來了，她叫陳元萱對不對？黃先生那天提過，說他太太根本跟陳元萱沒見過面。」

江冠寧完全跟不上，「對，姊姊叫陳元萱，可是黃先生怎麼會知道？」

「唉呀！」換林詩倪擊掌了，「小三對吧！小三！房東伯說黃先生都趁太太去出差時，賭博加把妹！」

「太太是他的金主，所以他一直找警察關心掉下的飾品有沒有鴿子蛋……呵！」

馮千靜笑了起來，「章叔也跟我提到過，當初董敏的案子往財殺的方向去，因爲董敏失蹤前一個月去報案，說她的錢丟了。」

江冠寧不可思議的睜大眼，「三百萬？」

馮千靜彈指，賓果。

她一袋擱在後車廂的錢消失了，車廂蓋被撬開，停車場監視器居然沒拍到，所以備案。

「不會是……黃先生偷了太太的三百萬，然後拿給姊姊……」陳奕齊說著，至於爲什麼要拿給姊姊，就扯到小三論了。「姊姊再交給陳芷萱保管。」

「那天我有留意到姊姊跟黃先生眼神時有交流，而且有時說到關於小三時，姊姊都會下意識看向黃先生，我那時就覺得他們認識。」郭岳洋一向是最細心敏銳的，「但是假裝不認識很奇怪，直到黃先生講出陳元萱這個名字時我也沒搞懂，因爲我們沒聽過，後來回頭思考，我跟夏天就做出了這個結論！」

「姊姊是黃先生的小三，但是姊姊也是外遇才不敢承認，偷拿的這三百萬透過小三藏起來是最好的，姊姊更聰明的再託給妹妹保管。」夏玄允一擊掌，「只是沒想到大家居然都在這間屋子裡相會了！」

哇……陳奕齊搖了搖頭，不得不佩服命運的捉弄，「這是巧合吧？」

「不……不是。」江冠寧痛苦的皺起眉，「這不是巧合……芷萱會租這裡，一開始就是姊姊介紹的！」

唔，大家不由得眨眨眼，哇塞，正宮失蹤後，還敢繼續租啊？

「姊姊說這裡安靜，空氣又好，很適合芷萱，她朋友之前也住過，讚不絕口，房租也不貴。」江冠寧回想著一切，「姊姊是刻意讓芷萱住過來的。」

「這也太奇怪了吧？」阿杰不解，「既然三百萬到手了，就可以雙宿雙飛，幹嘛還讓妹妹住進來？」

「嗯……」馮千靜沉吟著，「可能因為當初黃先生報案時，除了報太太失蹤外，還報案丟了一個保險櫃的珠寶吧。」

「嗄？」這點大家倒是眞的不知道！

馮千靜兩手一攤，「這就是被導向財殺的原因，董敏失蹤時，保險櫃是開啓的，裡面的珠寶不見了！黃先生很錯愕，我猜他說不定認爲東西被董敏藏起來了。」

因此才又租了空屋下來，始終遍尋不著，不死心的狀況下，就介紹給陳芷萱住了。

「合理來說，董敏才失蹤，他們兩個不敢私奔，一定會被警方懷疑，錢才會一直放在陳芷萱那裡。」毛穎德望著這間屋子，「結果就為了兩個人的私慾，多拖了這麼多人下水啊……」

不值！江冠寧忍不住緊握飽拳，他的幸福竟因此被葬送掉了！芷萱的人生呢？就此變成那扭曲的隙間女，只能塞在縫隙當中了！

外頭傳來腳步聲，工頭探了進來，「好了嗎？我們要動工了喔！」

「啊！請！」夏玄允說得輕揚，大家魚貫的離開八樓。

工人們進入屋子後，開始封住窗戶，先砌上磚塊，再抹上水泥，務求完整的封死整個八樓；等到都結束後，連樓梯間也會封起來，電梯門也會以水泥彌封，不會再開啓。

搬進這裡是個意外，陳奕齊走出那棟樓時，望著曾經喜歡的住所，他規劃的美好藍圖，竟就如泡泡般消失了。

「我是眞的很想住這裡的！」仰望著八樓，他忍不住落淚。

江冠寧只能拍拍他的肩，一如這些學生所說，都市傳說無所不在，怎麼能知道會發生什麼事呢！再不甘願，也只能接受。

送老師離開後，江冠寧也道別，「都市傳說社」的人工作一上午餓腸轆轆，大家要去飽餐一頓。

「她們盯著我跟阿杰，也是覺得我們不幸福嗎？」林詩倪知道隙間女拖人走的原由後，也變得有點耿耿於懷，「那夏天他們就很幸福？」

「我不想理睬都市傳說的思維。」毛穎德撂下了這句話，看著比肩而行的馮千靜，想到她那天差點被拖進衣櫃的景象，又開始發寒。

他伸出手，突然搭過了她的肩。

馮千靜微微回首，瞥了他一眼，帶著笑往他身體靠近了些。

「她們不過自以爲是罷了！」她揚聲說著，「看著住在那裡的人有一點不快、一些壓力、想要鬆一口氣暫時逃避時，就把人揪進去當隙間女……腦子扁了就跟著有問題！」

郭岳洋跟夏玄允嘟起嘴，「她們是都市傳說嘛，本來就……」

「我倒是想起一件很有趣的事！」毛穎德低聲笑了起來，「不是很多人都希望什麼都不必做，什麼責任都不必扛，不要唸書不要工作，無所事事又餓不死，那應該就介紹他們去住那裡，隙間女很符合他們要的幸福啊！」

「欸～」大家朗聲大笑，「對耶！夏天，你乾脆買下那間做這個生意好了：

你想逃避嗎？不想扛責過人生嗎？專屬套房！」

「哈哈哈哈！」

馮千靜也忍不住笑了起來，他們來到機車停車場，她沒騎車，由毛穎德負責載送；俐落的跨上機車，大家講好要去吃哪一間，戴上安全帽便準備啓程。

「欸！」林詩倪突然高舉著手，「我有個問題耶！」

大家都已經發動引擎了，不知道她在鬧什麼。

「那三百萬呢？」

黃旭泰躡手躡腳的，好不容易抓到沒人的時候，從樓梯上鑽了上來。

莫名其妙眞不知道這裡在做什麼工程，居然連七樓往八的樓梯間都開始砌上磚塊了！現在砌了半面牆剛好中午休息，他趁著工人去吃飯時，一溜煙的跑上來。

哇，樓上眞是一片黑暗，他趕緊開燈，才發現連窗子都給封了。

幸好他有接到消息，要不然全封死可怎麼辦！

「三百萬啊！我的三百萬咧！」他不死心的進入陳奕齊家中，敞開的置物櫃後頭木板都已經被剖開了，搬空的家根本沒有什麼可以藏匿的地方。

那天他親眼看到他們把天花板都拆了，也沒有發現，元萱妹妹能把袋子藏去哪裡？這屋子他再熟不過了，除了櫃子、天花板外，哪還有什麼地方可以藏錢呢？

叩。

清脆的響聲在極安靜的八樓發出聲響，這讓黃旭泰打了個寒顫。

「元萱、阿敏，拜託不要嚇我喔！我、我要生活啊！阿敏妳失蹤不算死亡，我錢都沒辦法動用！」黃旭泰雙手合十，拼命拜託，「我不知道妳們會發生這種事，說穿了也不是我害的嘛！至少把三百萬或鴿子蛋給我吧？」

噠噠叩……連續的物品墜地聲傳來，不在這間屋子……黃旭泰大膽的離開陳奕齊的家，往轉角的屋子走去。

現在每間房都是敞開的，根本沒有關門，他聽著東西不斷掉落聲，打開燈後，循聲一路走到了該間屋子的臥房。

地板上，竟是成堆的珠寶。

「啊啊啊！」他興奮的衝上去撿起，這些是阿敏擺在保險櫃裡的珠寶啊！她果然失蹤時一起帶走了嗎？

還是說，她被拖進去前，剛好在賞玩這些珠寶？

趕緊把珠寶往口袋放，跟著又一枚戒指從天而降——是鴿子蛋。

「哇！阿敏！」黃旭泰拾起戒指，簡直欣喜若狂，「謝謝！謝謝！」

昂起頭，看見了天花板的甘蔗板移開一小縫，珠寶從那裡掉下來的；他緊張的嚥了口口水，三百萬會在上面嗎？

他想起那天在陳老師家，天花板上疾奔的身影，元萱妹妹那噁心的模樣，他沒有那個勇氣爬上去。

有這枚鴿子蛋，他就可以吃喝享樂過好一陣子啦！黃旭泰抱著飾品，不停的道謝，然後趕緊要溜之大吉，得趁工人們回來前開溜啊！

只是經過廚房門口，卻戛然止步，又給倒退回去。

在櫥櫃的後方地板上，竟露出一條紅白相間的提袋……黃旭泰定神一瞧，那是旅行袋的背帶，正是他裝三百萬的袋子！

「居然在這裡！也太會藏了吧！」黃旭泰立刻衝進廚房，看著這釘在牆上的櫥櫃，「怪了，芷萱住隔壁，怎麼會把袋子藏到這裡來咧……」

伸手握住袋子，他想拖出來，卻發現那袋子卡在縫隙裡卡得死緊，無論如何都拖不出來。

這是怎麼卡進去的咧？

「喂！上工啦！」

遠遠的，樓下傳來聲音！黃旭泰驚愕的聽著，工人們回來了！

他咬緊牙再次用力的拽扯，行李袋完全不爲所動，或許他……對！拉開拉鍊，先把錢給搬出來！

正準備鬆手蹲下身子，那行李袋卻猛然一抽，往櫥櫃深處移動了！

「咦？」

黃旭泰下意識緊握住背帶，像是怕有人跟他搶一樣——咻！

「哇啊——」

啪！黃旭泰整個人被扯進了櫥櫃後的縫隙中，眼鏡應聲自中間折斷，往前彈飛。

他是被硬塞進來的，兩頰的皮肉都被削去，痛到哀鳴，骨頭……骨頭好像也裂了！

試著想移動身子，他卻發現動彈不得，他卡得好緊啊！

「救……」他吃力的想說話，突然手裡緊握著的行李袋，冷不防又被往內扯了幾吋，「啊！」

喀喀，他的骨頭禁不住巨大力量的拉扯，肩胛骨好像斷了，啊還有腳……

「誰……怎麼……」

他痛到幾乎無法思考，眼神看著櫥櫃深處，好像有人在……看著他？

「八樓的電力要切斷了喔！」樓下傳來宏亮的聲音。

「八樓的電力切斷！」

啪！四周頓時陷入一片黑暗。

樓梯間的工人開始迅速的拿起磚塊，把剩下一半的牆給砌好。

「好怪，居然要把整個八樓封起來？」工人們閒聊著。

「啊就聽說不是有出事！」

「你們有聽說過都市傳說嗎？」另一個人唸著，「我在網咖聽幾個大學生說，是因爲什麼隙間女的事情，會把人拖進縫隙裡咧！」

「哈哈哈！什麼隙間女！」大家一笑置之，「我還隙間男呢！」

隙間男……

回音傳上，黃旭泰發著抖，他完全動彈不得，就塞在縫隙中。

黑暗中數雙眼睛眨巴眨巴的望著他，他彷彿看見了熟悉的笑容……阿敏？

「這裡好無聊了……我們下去吧……」

「下去吧……嘻……」

救命，救命……等等！不可以把他扔在這裡，他不要當隙間男，救命啊！

後記

這次的封面很讚吧！真的有那種在縫隙中要出來的感覺厚，超讚的擠壓立體啊！

關於「隙間女」有多種版本的傳說，有很單純的某男人搬進新屋後，一直覺得有人在看他，被視線弄得不舒服，最後全家尋找，發現自家櫃子後縫隙中竟藏有個女人（活著的，就是都市傳說咩）；也有複雜版的，關於和式屋裡的衣櫃（一說爲棉被櫃），舊時和式屋的櫃子跟房子都爲一體建立，不是額外添購的。

故事是一對男女住進來，女人開始在櫃子附近撿到各種女性飾品，正常女人的反應都會覺得：男友是不是要送她？數量多了又開始覺得是偷吃、背著她買飾物給外面的小三。

後來女友質問男友，男友自是莫名其妙，認定是前妻搞的鬼，所以就是一堆怪罪、誤會、否認跟無止境的吵架，到最後男人失意在家喝悶酒，又看見戒指落下，好奇的開始尋找究竟屋子裡有什麼，最後在櫃子的木板後，竟看見一雙瞅著他的眼睛，自此人間蒸發。

所以「隙間女」有兩種，一種是默默的塞在縫隙裡盯著你的，一種是會抓你進去的。

前幾年日本還有眞實事件，前房客住在天花板裡，趁著半夜下來吃飯，現任房客覺得東西短少才加裝攝影機，讓他拍到原來他家天花板住著另外一個人——老實說，這種眞人好像還比較無害一點？

我每次都在想，「隙間女」都卡在縫隙裡幹嘛？一個人遺世獨立的塞在裡面，不知道爲什麼讓我覺得像種逃避。

是啊，如果成爲「隙間女」，不必工作不必吃飯不必睡覺，也沒有生活上的困擾及壓力，所有令你不快的因素都能迎刃而解——所以才會設計了「想逃避者」，「隙間女」就會讓你永遠不必煩惱。

有機會的話，想試試看過這樣無憑無據的生活嗎？（笑）

這一次的故事回到單純的「普通人撞見都市傳說」，畢竟主軸是「都市傳說」，可不是「主角群歷險記」喔！「都市傳說社」的人已經很不幸的都會接觸到了，歷險這件事就交給別人吧！

而且看樣子，未來還可以開業接受委託了呢！多賺點社費也不錯XD

其實這個傳說的起源，似乎是來自於「視線」及「偷窺」。不知道大家對於「視線」的敏感程度如何？有的人眞的就很敏感，被人從背後注視著也有感覺，坐在捷運上也能感受到有人在偷看自己，這種跟有時出去玩住飯店一樣，門一開就是有些人感到不對勁。

我是很鈍的那種人，別說什麼視線了，基本上除非坐在隔壁的人直接靠過來，否則我可能永遠不會知道他在偷看，進飯店旅館什麼的我也沒有FU，我只會看CP值對不對跟有沒有乾淨而已Orz

想想如果跟其他人共住，有個室友一直說有視線、像故事中的杜家慈這樣，一會兒說有人在偷看、一會兒歇斯底里，大家不知道會怎麼處理？我想我一定會覺得她疑神疑鬼，而且會覺得很煩，不明白她爲什麼要一直嚷嚷找麻煩，說不定她這樣鬧下去，先搬走的會是我……

「隙間女」這個都市傳說很謎樣，但是名聲很旺，因爲她幾乎無所不在，任何隙縫都有可能存在，姑且不論她會不會拉人進去，光是一直被偷窺，我想沒有幾個人受得了啊！

今年大掃除時，記得給人家一條生路喔（喂！）

農曆年快到了，先祝大家新春吉祥好運連連，然後都不要遇到都市傳說喔！

答箐 2016.1.8

國家圖書館出版品預行編目資料

都市傳說9：隙間女 / 笭菁著, -初版, -臺北市：奇幻基地出版, 家庭傳媒城邦分公司發行, 2016.2（民105.2）
面：公分. –（境外之城：62）

ISBN 978-986-92728-1-0（平裝）

857.7　　105000286

ISBN 978-986-92728-1-0
Printed in Taiwan.

境外之城 **062**

都市傳說9：隙間女

作　　者／笭菁
企畫選書人／張世國
責任編輯／張世國

發 行 人／何飛鵬
總 編 輯／楊秀眞
業務經理／李振東
行銷企劃／周丹蘋
法律顧問／台英國際商務法律事務所　羅明通律師
出版／奇幻基地出版
城邦文化事業股份有限公司
台北市南港區昆陽街16號4樓
電話：(02)25007008　傳眞：(02)25027676
網址：www.ffoundation.com.tw
e-mail：ffoundation@cite.com.tw
發行／英屬蓋曼群島商家庭傳媒股份有限公司城邦分公司
台北市南港區昆陽街16號8樓
書虫客服服務專線：(02)25007718・(02)25007719
24 小時傳眞服務：(02)25170999・(02)25001991
服務時間：週一至週五09:30-12:00・13:30-17:00
郵撥帳號：19863813　戶名：書虫股份有限公司
讀者服務信箱 E-mail：service@readingclub.com.tw
歡迎光臨城邦讀書花園 網址：www.cite.com.tw
香港發行所／城邦（香港）出版集團有限公司
香港灣仔駱克道 193 號東超商業中心 1 樓
電話：(852) 2508-6231 傳眞：(852) 2578-9337
馬新發行所／城邦（馬新）出版集團
【Cite(M)Sdn. Bhd.(458372U)】
11, Jalan 30D/146, Desa Tasik,
Sungai Besi, 57000 Kuala Lumpur, Malaysia.
電話：(603) 90578822　傳眞：(603) 90576622

封面內頁插畫／豆花
封面設計／邱宇陞工作室
排　　版／極翔企業有限公司
印　　刷／高典印刷有限公司
■2016 年（民 105）2月3日初版一刷
■2024 年（民 113）5月3日初版15刷

售價／280元

廣　告　回　函
北區郵政管理登記證
台北廣字第000791號
郵資已付，免貼郵票

104台北市民生東路二段141號11樓

英屬蓋曼群島商家庭傳媒股份有限公司城邦分公司 收

請沿虛線對摺，謝謝

奇幻基地

每個人都有一本奇幻文學的啓蒙書

奇幻基地官網：http://www.ffoundation.com.tw

奇幻基地粉絲團：http://www.facebook.com/ffoundation

書號：**1HO062**　　書名：都市傳說9：隙間女

請於此處用膠水黏貼

奇幻基地

讀者回函卡

謝謝您購買我們出版的書籍！請費心填寫此回函卡，我們將不定期寄上城邦集團最新的出版訊息。

是供訂購、行銷、客戶管理或其他合於營業登記項目或章程所定業務之目的，英屬蓋曼群島商家庭傳媒(股)公司城邦分公司於本集團之營運期間及地區內，將以電郵、傳真、電話、簡訊、郵寄或其他公告方式利用您提供之資料（資料類別：C001、)2、C003、C011等）。 利用對象除本集團外，亦可能包括相關服務的協力機構。如您有依個資法第三條或其他需服務之處，致電本公司客服中心電話(02)25007718請 求協助。相關資料如為非必要項目，不提供亦不影響您的權益。

姓名：________________ 性別：□男 □女

生日：西元________年________月________日

地址：________________

聯絡電話：________傳真：________

E-mail ：________________

學歷：□ 1.小學 □2.國中 □3.高中 □4.大專 □5.研究所以上

職業：□ 1.學生 □2.軍公教 □3.服務 □4.金融 □5.製造 □6.資訊

□7.傳播 □8.自由業 □9.農漁牧 □ 10.家管 □11.退休

□ 12.其他________________

您從何種方式得知本書消息？

□1.書店 □2.網路 □3.報紙 □4.雜誌 □5.廣播 □6.電視

□7.親友推薦 □8.其他________________

您通常以何種方式購書？

□1.書店 □2.網路 □3.傳真訂購 □4.郵局劃撥 □5.其他

您購買本書的原因是（單選）

□1.封面吸引人 □2.內容豐富 □3.價格合理

您喜歡以下哪一種類型的書籍？（可複選）

□1.科幻 □2.魔法奇幻 □3.恐怖 □4.偵探推理

□5.實用類型工具書籍

您是否為奇幻基地網站會員？

□1.是□ 2.否（若您非奇幻基地會員，歡迎您上網免費加入 http://www.ffoundation.com.tw/）

對我們的建議：________________

____

____

請於此處用膠水黏貼